本書附贈 MP3 錄音，請掃描左側二維碼或登錄网站
chinesemadeeasy.com/download/cantonese 下載

粵語入門

香港話

入門

從零基礎
到粵語通

張勵妍——編著

目錄

粵語拼音系統

學習重點

課次	話題	目標
0	**語音**	看懂和使用粵語拼音
1	**引入**	打開話匣子的第一步
2	**介紹**	讓交談雙方互相認識
3	**招呼**	跟相識的人問一聲好
4	**請求**	需要幫忙時學會求助
5	**詢問**	想去哪裏大膽開口問
6	**交通**	巴士地鐵坐船自由選
7	**購物**	懂得貨比三家問折扣
8	**飲食**	買餸做菜點餐樣樣行
9	**天氣**	關注晴天陰雨或打風
10	**愛好**	說出自己喜歡做的事
11	**通訊**	撥打接聽電話留口信
12	**邀請**	發起接受約會或改期
13	**送往**	得體周到地送往迎來
14	**道謝**	分清唔該多謝麻煩晒

粵語拼音系統

一、聲母

b	ba¹ 巴	p	pa¹ 趴	m	ma¹ 媽	f	fa¹ 花
d	da¹ 打	t	ta¹ 他	n	na⁵ 那	l	la¹ 啦
z/j	za¹/ji¹ 渣/資	c/q	ca¹/qi¹ 叉/雌	s/x	sa¹/xi¹ 沙/思	y	ya⁵ 也
g	ga¹ 加	k	ka¹ 卡	ng	nga¹ 鴉	h	ha¹ 哈
gu	gua¹ 瓜	ku	kua¹ 誇	w	wa¹ 蛙		

z c s 和 j q x

z, c, s 的發音跟 j, q, x 沒有分別，只是拼寫時，j, q, x 專用於拼 i 類和 ü 類的韻母。

聲母 ng 的發音

ng 是鼻音聲母，發音跟一般的鼻音韻尾相同，如 "萌芽（meng⁴ nga⁴）"，nga 的聲母跟 meng 的尾音一樣，延長 "萌" 的尾音，就是 "芽" 的聲母。

二、韻母

a	a³ 阿	ai	ai¹ 唉	ao	ao³ 坳	am	sam¹ 三	an	san¹ 山	ang	mang⁴ 盲
		ei	ei² 矮	eo	eo¹ 歐	em	em¹ 庵	en	men⁴ 文	eng	meng⁴ 盟
é	dé¹ 爹	éi	béi¹ 悲							éng	yéng⁴ 贏
o	o¹ 柯	oi	oi¹ 哀	ou	ou³ 澳			on	on¹ 安	ong	gong¹ 剛
i	yi¹ 衣			iu	yiu¹ 腰	im	yim¹ 淹	in	yin¹ 煙	ing	ying¹ 英
u	wu¹ 污	ui	wui⁴ 回					un	wun⁶ 換	ung	hung¹ 空
ê	hê¹ 靴			êu	zêu¹ 追			ên	zên¹ 樽	êng	hêng¹ 香
ü	yu¹ 于							ün	yun¹ 冤		

é 的發音

é 的發音不難，把普通話 ie（椰）韻母拉長，尾音就是 é。而 éi 的發音，就跟普通話的 ei 韻母一樣。

ei 的發音

粵語的 ei 並不是普通話的 ei，發音比較難，e 的嘴型比 a 小一點，又比 é 大一點，可比較：晒 sai^3—細 sei^3—四 séi^3，嘴形從大到小。

ê 的發音

ê 的發音在普通話裏沒有，可以先發普通話的 e 韻母，把嘴脣收攏變圓，就是粵語的 ê。

尾音 m

普通話沒有 m 收尾的音，要注音練習閉口的動作，可借助英語單詞模仿，如 come, some。

入聲韻母

粵語有三組入聲韻母，帶 -b、-d、-g 尾音，可借助英語單詞模仿，如 "十 seb^6" 讀音近似英語的 sub-，"活 wud^6" 讀音近似英語的 wood，"逼 big^1" 讀音近似英語的 big。

	-b		-d		-g
ab	ab^3 鴨	ad	ad^3 壓	ag	ngag^6 額
eb	ged^1 急	ed	bed^1 不	eg	beg^1 北
				ég	cég^3 尺
		od	hod^3 喝	og	og^3 惡
ib	yib^6 業	id	yid^6 熱	ig	yig^1 益
		ud	wud^6 活	ug	ug^1 屋
		êd	cêd^1 出	êg	gêg^3 腳
		üd	yud^6 月		

三、聲調

調號	1	2	3	4	5	6
調類	陰平 陰入	陰上	陰去 中入	陽平	陽上	陽去 陽入
例字	分 fen^1 忽 fed^1	粉 fen^2	訓 fen^3 發 fad^3	焚 fen^4	憤 fen^5	份 fen^6 佛 fed^6

九聲六調

　　傳統上，聲調按平、上、去、入分類，粵語把入聲算在內，共有九聲，其中入聲三類的發音，高低跟 1、3、6 聲相同，因此實際上只有六個聲調。

調的讀法

　　粵語六個聲調中，1、2 聲（fen^1, fen^2）的發音跟普通話第一聲、第二聲（分、墳）基本相同。

　　粵語聲調大部分是平調，1 聲（分）最高，相當於 5 度，3 聲（訓）是 3 度，4 聲（焚）是 1 度，6 聲（份）是 2 度。這些調相差微小，要小心分辨。

單元一

入門會話

01

開口講

★ 重要句型

❶ M⁴ goi¹ ... 　唐　該……	麻煩你……
❷ Ngo⁵ sêng² men⁶ ... 　我　想　問……	我想問……
❸ Hei² bin¹ dou⁶? 　喺　邊　度？	在哪裏？
❹ Dim² (yêng²) hêu? 　點　（樣）去？	怎麼去？
❺ Ngo⁵ m⁴ xig¹ gong². 　我　唔　識　講。	我不會講。
❻ Ngo⁵ téng¹ m⁴ ming⁴. 　我　聽　唔　明。	我聽不懂。

★ 日常會話

M⁴ goi¹, déi⁶ tid³ zam⁶ dim² (yêng²) hêu³?
唐該，地 鐵站 點 （樣）去？

請問，地鐵站怎麼去？

Qin⁴ bin⁶ zeo⁶ hei⁶.
前 便 就 係。

前邊就是。

M⁴ goi¹ sai³
唐該 晒。

謝謝了。

B

Ngo⁵ sêng² men⁶ tai³ hung¹ gun² hei² bin¹ dou⁶?
我 想 問 太 空 館 喺 邊 度?

請問太空館在哪兒?

Hei² Jim¹ sa¹ zêu².
喺 尖 沙 咀。

在尖沙咀。

C

Néi⁵ ho² yi⁵ dab³ yed¹ ling⁴ yi⁶ hou⁶ ba¹ xi².
你 可 以 搭　 102　 號 巴 士。

你可以坐 102 路巴士。

M⁴ hou² yi³ xi³, hei⁶ géi² do¹ hou⁶? Ngo⁴ téng¹ m⁴ qing¹ co².
唔 好 意 思, 係 幾 多 號? 我 聽 唔 清 楚。

不好意思,是多少號?我聽不太清楚。

巧記詞彙

do¹ zé⁶

多謝

謝謝

● 請求別人幫忙，
或感謝幫忙時説。

ngo⁵ déi⁶

我哋

我們

m⁴ goi¹

唔該

麻煩你 / 謝謝

géi² do¹

幾多

多少

ngo⁵ sêng² hêu³

我想去

我想去

bin¹ dou⁶

邊度

哪裏

● 又説「聽唔
明」。

m⁴ xig¹ téng¹

唔識聽

聽不懂

m⁴ hou² yi³ xi³

唔好意思

不好意思

dim²/dim² yêng²

點 / 點樣

怎麼 / 怎麼樣

● 相當於説「對不
起」，程度比較輕。

m⁴ xig¹ gong²

唔識講

不會説

● 點樣（去）→
怎麼（去）
●（味道）點→
（味道）怎麼樣。

005

★ 練習時間

❶ 想問如何去灣仔，該怎麼說？

❷ 把這句話用粵語說出來：**不好意思，我聽不懂。**

答案： ❶ 唔該，灣仔點樣去？
❷ 唔好意思，我唔聽得明／聽唔明的。

 重要句型

❶ Céng² men⁶ néi⁵ guei³ xing³? 請　問　你　貴　姓？	請問你貴姓？
❷ Ngo⁵ lai⁴ gai³ xiu⁶ yed¹ ha⁶. 我　嚟 介紹　一　下。	我來介紹一下。
❸ Néi⁵ giu³ med¹ yé⁵ méng²? 你　叫 乜 嘢　名？	你叫什麼名字？
❹ Néi⁵ dim² (yêng²) qing¹ fu¹ a³? 你　點 （樣）　稱　呼呀？	怎麼稱呼您？
❺ Go² wei² xiu² zé² hei⁶ bin¹ wei² a³? 嗰 位　小　姐　係　邊　位呀？	那位小姐是誰呀？
❻ Néi⁵ hei⁶ bin¹ dou⁶ yen⁴? 你　係　邊　度　人？	你是哪裏人？

★ 日常會話

A

Céng² men⁶ néi⁵ giu³ med¹ ye⁵ méng²?
請 問 你 叫 乜 嘢 名？

請問你叫什麼名字？

Ngo⁵ giu³ Léi⁵ qing¹, mug⁶ ji² Léi⁵, qing¹ nin⁴ gé³ qing¹.
我 叫 李 青，木 子 李，青 年 嘅 青。

我叫李青，木子李，青年的青。

B

Ngo⁵ giu³ Wong⁴ hou⁶ men⁴. Céng² men⁶ néi⁵ dim² qing¹ fu¹?
我 叫 王 浩 文。請 問 你 點 稱 呼？

我叫王浩文。請問怎麼稱呼您？

Wong⁴ sang¹, néi⁵ hou². Ngo⁵ giu³ Cen⁴ ji³ wa⁴, dai⁶ ga¹ dou¹
王 生，你 好！我 叫 陳 志 華，大 家 都

giu³ ngo⁵ wa⁴ zei².
叫 我 華 仔。

王先生，您好！我叫陳志華，大家都叫我華仔。

C

Wu⁴ xiu² zé², néi⁵ hei⁶ bin¹ dou⁶ yen⁴?
胡 小 姐，你 係 邊 度 人？

胡小姐，你是哪裏人？

Ngo⁵ hei⁶ Sêng⁵ hoi² yen⁴, Yud⁶ yu⁵ gong² deg¹ m⁴ hei⁶ géi² hou².
我 係 上 海 人，粵 語 講 得 唔 係 幾 好。

我是上海人，粵語説得不太好。

巧記詞彙

姓氏

gung¹ cêng⁴ Zêng¹
弓長張
弓長張

sam¹ wag⁵ Wong⁴
三畫王
三橫王

yi⁵ dung¹ Cen⁴
耳東陳
耳東陳

heo² tin¹ Ng⁴
口天吳
口天吳

Lei⁴ ming⁴ gé³ Lei⁴
黎明嘅黎
黎明的黎

Wong⁴ ho⁴ gé³ Wong⁴
黃河嘅黃
黃河的黃

Eo¹ zeo¹ gé³ Eo¹
歐洲嘅歐
歐洲的歐

稱呼

wa⁴ zei²
華仔
小華

●年齡較長，可稱：
華哥 go¹、華叔
sug¹

●有時也用於
稱呼老師。

xin¹ sang¹
先生
先生

xiu² zé²
小姐
小姐

nêu⁵ xi⁶
女士
女士

●正式稱呼，口
語少用

a³ zé¹/a³ go¹
阿姐 / 阿哥
阿姐 / 阿哥

●一般用於對中年
或以下人士的泛
稱。

●加姓氏不重疊：
陳太 Cen⁴ tai²

tai³ tai²
太太
太太

ju² yem⁶
主任
主任

ging¹ léi⁵
經理
經理

練習時間

❶ 想知道對方的名字，該怎麼問？

❷ 把這句話用粵語說出來：**陳太太，你是哪裏人？**

答案： ❶ 請問你叫乜嘢名？
❷ 陳太，你係邊度人？

03

打招呼

★ **重要句型**

❶ Zou² sen⁴. 　早　晨。	早 / 你早。
❷ Néi⁵ hou², zêu³ gen⁶ mong⁴ m⁴ mong⁴ a³? 　你 好，最近　忙 唔 忙 呀？	你好，最近忙不 忙？
❸ Wong⁴ sang¹, hou² noi⁶ mou⁵ gin³ la³. 　黃　生，好 耐 冇 見 喇。	黃先生，很久沒 見了。
❹ Deg¹ han⁴ yed¹ cei⁴ yem² ca⁴ a¹. 　得 閒 一 齊 飲 茶 吖。	有空一起去喝茶。
❺ Ngo⁵ zeo² xin¹ la³, zoi³ gin³ / bai¹ bai³. 　我 走 先 喇，再 見 / 拜 拜。	我先走了，再見。
❻ Bong¹ ngo⁵ men⁶ heo⁶ kêu⁵ yed¹ séng¹. 　幫 我 問 候 佢 一 聲。	替我向她問個好。

★ 日常會話

A

Zou² sen⁴, gem³ zou² hêu³ bin¹ dou⁶ a³?

早 晨，咁 早 去 邊 度 呀？

你早，這麼早去哪兒呢？

Hêu³ gung¹ yun² hang⁴ ha⁵.

去 公 園 行 下。

去公園走走。

B

Néi⁵ hou², xig⁶ zo² fan⁶ méi³ a³?
你 好，食 咗 飯 未 呀？

你好，吃飯了嗎？

Xig⁶ zo² la³, m⁴ goi¹.
食 咗 喇，唔 該。

吃過了，謝謝！

C

Gin³ dou² néi⁵ hou² hoi¹ sem¹.
見 到 你 好 開 心。

見到你很高興。

Ngo⁶ dou¹ hei⁶. Néi⁵ gen⁶ pai² géi² hou² ma³?
我 都 係。你 近 排 幾 好 嗎？

我也是。你最近還好吧？

Géi² hou², bed¹ guo³ gung¹ xi¹ gé³ yé³ mong⁴ di¹.
幾 好，不 過 公 司 嘅 嘢 忙 啲。

挺好的，就是公司的事有點忙。

néi⁵ hou²

你好

你好

● 有時會用作貶義。

zou² sen⁴

早晨

你早

zou² teo²

早唞

晚安

dai⁶ ga¹ hou²

大家好

大家好

ting¹ yed⁶ gin³

聽日見

明天見

hou² noi⁶ mou⁵ gin³

好耐冇見

很久不見

mong⁴ m⁴ mong⁴

忙唔忙

忙不忙

sen¹ tei² géi² hou² ma³

身體幾好嗎

身體還好吧

deg¹ han⁴

得閒

有空

xig⁶ an³

食晏

吃午飯

zêu³ gen⁶ /gen⁶ pai²

最近 / 近排

最近 / 這陣子

●「晏」指下午，
又稱「晏晝」。

★ 練習時間

❶ 跟同事告別時，可以怎麼說？

❷ 把這句話用粵語說出來：**替我向你太太問個好。**

★ **重要句型**

❶ Ho² m⁴ ho² yi⁵ bong¹ ngo⁵ go³ mong⁴?

可 唔可以 幫 我 個 忙?

可以幫我個忙嗎?

❷ Ma⁴ fan⁴ néi⁵ lo² go² go³ doi² béi² ngo⁵ tei² ha⁵.

麻 煩 你 攞 嗰 個 袋 畀 我 睇 下。

麻煩你把那個包拿給我看一下。

❸ Céng² men⁶ ni¹ go³ biu² dim² (yêng²) tin⁴?

請 問 呢 個 表 點 (樣)填?

請問這個表怎麼填?

❹ Zen¹ hei⁶ m⁴ goi¹ sai³ néi⁵.

真 係 唔 該 晒 你。

太感謝您了。

⑤ Zo² néi⁵ gem³ do¹ xi⁴ gan³, da² gao² sai³ la³.

阻 你 咁 多 時 間，打 攪 晒 喇。

費您那麼多時間，打擾了。

⑥ M⁴ goi¹ néi⁵ bong¹ ngo⁵ tei² ha⁵ go³ déi⁶ ji², hei⁶ mei⁶ ni¹ dou⁶?

唔 該 你 幫 我 睇 下 個 地 址，係 咪 呢 度？

麻煩你給我看看這個地址，是這裏嗎？

 ## 日常會話

Ⓐ

Ni¹ gin⁶ xi⁶ bai³ tog³ sai³ néi⁵ la³.

呢 件 事 拜 託 晒 你 喇。

這件事拜託您了。

Xiu² xi⁶ lei⁴ zé¹, m⁴ sei² hag³ héi³.

小 事 嚟 啫，唔 使 客 氣。

小事一樁，別客氣。

Ⓑ

Ma⁴ fan⁴ néi⁵ sung³ kêu⁵ déi⁴ fan¹ hêu³, deg¹ m⁴ deg¹?

麻 煩 你 送 佢 哋 返 去，得 唔 得？

麻煩你送他們回去，行嗎？

Mou⁵ men⁶ tei⁴.

冇 問 題。

沒問題。

Sen^1 fu^2 néi^5 la^3.
辛 苦 你 喇。

辛苦你了。

C

Gem^1 qi^3 qun^4 kao^3 néi^5 bong^1 seo^2.
今 次 全 靠 你 幫 手。

這次全靠您幫忙。

Ngo^5 dou^1 hei^6 zên^6 lig^6 yi^4 wei^4 zé^1.
我 都 係 盡 力 而 為 啫。

我不過盡力而為。

巧記詞彙

ma⁴ fan⁴ néi⁵

麻煩你

有勞／麻煩

ngo⁵ sêng²

我想……

我想……

bai³ tog³

拜託

拜託

sen¹ fu² sai³

辛苦晒

辛苦了

da² gao² sai³

打攪晒

打擾了

ho² m⁴ ho² yi⁵

可唔可以

可不可以

● 「替我、代我」一般都説成「幫我」。

m⁴ goi¹ bong¹ ngo⁵

唔該幫我……

請你幫我……

do¹ zé⁶ guan¹ jiu³

多謝關照

謝謝關照

hei⁶ mei⁶

係咪

是不是

● 「咪」是「唔係」（m⁴ hei⁶）的合音，「係咪」即「係唔係」。

deg¹ m⁴ deg¹

得唔得

行不行

練習時間

❶ 你要找人幫忙辦個事，開口時該怎麼說？

❷ 把這句話用粵語說出來：**請你替我交給他。**

答案：❶ 唔該，可不可以幫我……
　　　❷ 唔該幫我交俾佢。

★ 重要句型

① Céng² men⁶ déi⁶ tid³ zam⁶ dim² hêu³ a³?

請 問 地鐵站 點 去 呀？

請問地鐵站怎麼去？

② Hei² ni¹ dou⁶ hêu³ ma⁵ teo⁴, yiu³ hang⁴ géi² noi⁶?

喺 呢 度 去 碼 頭，要 行 幾 耐？

從這兒去碼頭，要走多久？

③ Hêu³ Dai⁶ wui⁶ tong⁴ ying¹ goi¹ hang⁴ bin¹ bin⁶?

去 大 會 堂 應 該 行 邊 便？

去大會堂應該往哪邊／哪個方向走？

④ Céng² men⁶ bin¹ go³ ba¹ xi² zam⁶ yeo⁵ cé¹ hêu³ Jim¹ sa¹ zêu²?

請 問 邊 個巴士站 有 車 去 尖 沙 咀？

請問哪個巴士站的車可到尖沙咀？

⑤ M⁴ goi¹, fu⁶ gen⁶ bin¹ dou⁶ yeo⁵ bin⁶ léi⁶ dim³?

　唐 該，附近 邊 度 有 便 利 店？

請問，附近哪裏有便利店？

⑥ Hei² ma⁵ lou⁶ dêu³ min⁶, néi⁵ ho² yi⁵ hang⁴ tin¹ kiu⁴ guo³ hêu³.

　喺 馬 路 對 面，你 可 以 行 天 橋 過 去。

在馬路對面，你可以走人行天橋過去。

★ 日常會話

Ngo⁵ sêng² hêu³ Xi⁴ doi⁶ guong² cêng⁴, céng² men⁶ dim² yêng² hang⁴?

我 想 去 時 代 廣 場，請 問 點 樣 行？

我想去時代廣場，請問怎麼走？

Néi⁵ hei² dei⁶ sam¹ go⁵ gai¹ heo² jun³ yeo⁶, hang⁴ guo³ di¹ zeo⁶ dou³ lag³.

你 喺 第 三 個 街 口 轉 右，行 過 啲 就 到 嘞。

你在第三個路口右轉，往前走走就到了。

Céng² men⁶ ba¹ xi² zung² zam⁶ léi⁴ ni¹ dou⁶ yun⁵ m⁴ yun⁵?

請 問 巴 士 總 站 離 呢 度 遠 唔 遠？

請問巴士總站離這兒遠不遠？

M⁴ hei⁶ géi² yun⁵, guo³ zo² ma⁵ lou⁶, zo² seo² bin⁶ zeo⁶ hei⁶.

唐 係 幾 遠，過 咗 馬 路，左 手 便 就 係。

不太遠，過了馬路，左邊就是了。

C

Hei² ni¹ dou⁶ hêu³ Zêng¹ guen¹ ou³ co⁵ med¹ yé⁵ cé¹ zêu³ hou²?
喺 呢 度 去 將 軍 澳 坐 乜 嘢 車 最 好？

從這裏到將軍澳坐什麼車最好？

Co⁵ gong² tid³ yeo⁶ deg¹, co⁵ ba¹ xi² yeo⁶ deg¹. Dab³ ba¹ xi² la¹,
坐 港 鐵 又 得，坐 巴 士 又 得。搭 巴 士 啦，

ba¹ xi² zam⁶ ken⁵ di¹.
巴 士 站 近 啲。

坐港鐵也行，坐巴士也行。坐巴士吧，巴士站比較近。

巧記詞彙

dim² hêu³ / hang⁴

點去 / 行

怎麼去 / 走

●「呢度」是「這裏」，「嗰度」是「那裏」。

géi² noi⁶

幾耐

多久

hei² bin¹ dou⁶

喺邊度

在哪裏

yun⁵ m⁴ yun⁵

遠唔遠

遠不遠

gag³ léi⁴

隔離

旁邊

gai¹ heo²

街口

路口

tin¹ kiu⁴

天橋

人行天橋

zo² / yeo⁶ seo² bin⁶

左 / 右手便

左 / 右邊

●還可以說前便、後便、出便（外邊）、入便（裏邊）。

yed¹ jig⁶ hang⁴

一直行

一直走

jun³ zo² / yeo⁶

轉左 / 右

向左 / 右拐

hang⁴ guo³ di¹

行過啲

（往前）多走一點兒

025

❶ 你想找 23 路車的車站，該怎麼問人？

❷ 把這句話用粵語說出來：**從這裏走到銅鑼灣要多久？**

❷ 喺呢度行去銅鑼灣要幾耐呀？

喺邊度？

答案： ❶ 唔該，你知唔知 23 號車站喺邊度？／ 請問 23 號巴士站

06

坐車

★ 重要句型

---

❶ Céng² men⁶, hêu³ Wong⁶ gog³ yiu³ dab³ med¹ yé⁵ cé¹?

請 問，去 旺 角 要 搭 乜 嘢 車？

請問，去旺角該坐什麼車？

---

❷ Ngo⁵ mou⁵ Bad³ dad⁶ tung¹, hei² bin¹ dou⁶ mai⁵ déi⁶ tid³ cé¹ féi¹?

我 冇 八 達 通，喺 邊 度 買 地 鐵 車 飛？

我沒有八達通，在哪兒買地鐵車票？

---

❸ Hêu³ Dig⁶ xi⁶ néi⁴ hei² bin¹ go³ zam⁶ jun³ cé¹?

去 迪 士 尼 喺 邊 個 站 轉 車？

去迪士尼在哪個站換乘？

---

❹ Ni¹ go³ dig¹ xi² zam⁶ gé³ cé¹ guo³ m⁴ guo³ hoi²?

呢 個 的 士 站 嘅 車 過 唔 過 海？

這個的士站的車是去九龍 / 香港的嗎？

---

❺ Ha⁶ go³ zam⁶ dou² lag³, gem⁶ jung¹ log⁶ cé¹ la¹.

下 個 站 到 嘞，撳 鐘 落 車 啦。

到下個站了，摁鈴下車吧。

---

❻ M⁴ goi¹, qin⁴ bin⁶ yeo⁴ zam⁶ yeo⁵ log⁶.

唐 該，前 便 油 站 有 落。

麻煩你在前邊加油站讓我下車。

★ 日常會話

Bin¹ ga³ ba¹ xi² ging¹ Hung⁴ hem³ fo² cé¹ zam⁶ a³?

邊 架 巴 士 經 紅 磡 火 車 站 呀？

哪路車能到紅磡火車站？

Néi⁵ dab³ yed¹ ling⁴ yi⁶ wag⁶ zé² yed¹ ling⁴ lug⁶, guo³ zo² sêu⁶ dou⁶

你 搭 102 或 者 106， 過 咗 隧 道

dei⁶ yed¹ go³ zam⁴ log⁶ cé¹.

第 一 個 站 落 車。

你坐 102 或者 106，過了隧道後的第一個站下。

Dab³ dig¹ xi² hêu³ géi¹ cêng⁴ fai³ di¹, dan⁶ hei⁶ hou² guei³.

搭 的 士 去 機 場 快 啲，但 係 好 貴。

坐的士去機場快一些，但很貴。

Néi⁵ ho² yi⁵ dab³ géi¹ cêng⁴ ba¹ xi², péng⁴ di¹, sa¹ a⁶ géi² men¹

你 可 以 搭 機 場 巴 士， 平 啲，卅呀 幾 蚊

zeo⁶ deg¹.

就 得。

你可以坐機場巴士，便宜點兒，三十多塊就行了。

Hei² Zung¹ wan⁴ co⁵ gong² tid³ hêu³ dou¹ hou² fong¹ bin⁶, yeo⁶
喺 中 環 坐 港 鐵 去 都 好 方 便， 又

m⁴ pa³ seg¹ cé¹.
唔 怕 塞 車。

在中環坐港鐵去也很方便，還不會堵車。

© Céng² men⁶ hêu³ Men⁴ fa³ zung¹ sem¹ dab³ géi² do¹ hou⁶ cé¹?
請 問 去 文 化 中 心 搭 幾 多 號 車？

請問去文化中心坐幾路車？

Hei² ni¹ dou⁶ co⁵ xun⁴ zung⁶ fong¹ bin⁶, cêd¹ zo² ma⁵ teo⁴, hang⁴
喺 呢 度 坐 船 仲 方 便，出 咗 碼 頭， 行

géi² bou⁶ zeo⁶ dou³.
幾 步 就 到。

從這裏去坐渡輪更方便，出了碼頭，沒走多遠就到了。

巧記詞彙

jun³ cé¹
轉車
換乘 / 倒車

guo³ hoi²
過海
過對岸

mai⁵ féi¹
買飛
買票

dab³ cé¹
搭車
搭車 / 乘車

seg¹ cé¹
塞車
塞車 / 堵車

●乘小巴下車時要喊「有落」，或「前面有落」。

yeo⁵ log⁶
有落
下車

gem⁶ zung¹
撳鐘
摁鈴

交通工具

dig¹ xi² zam⁶
的士站
的士候車站

xiu² ba¹
小巴
小巴

●又叫「Van仔」。

din⁶ cé¹
電車
電車

déi⁶ tid³/ gong² tid³
地鐵／港鐵
地鐵（MTR）

géi¹ cêng⁴ fai³ xin³
機場快線
港鐵機場線

sêu⁶ ba¹
隧巴
隧道巴士

★ **練習時間**

❶ 想問這路車是不是經過旺角，該怎麼說？

❷ 把這句話用粵語說出來：**坐地鐵去沙田在哪兒換乘？**

答案：❶ 唔該，呢架車經唔經過旺角呀？

❷ 坐地鐵去沙田喺邊度轉車？

07

購物

 重要句型

① Fong³ zo² gung¹ yed¹ cei⁴ hêu³ hang⁴ gai¹ mai⁵ yé⁵ hou² m⁴ hou²?
　放　咗　工　一　齊　去　行　街　買　嘢　好　唔　好？

下班後一起去逛街買東西好不好？

② Xing¹ kéi⁴ yed³ hei⁶ Sung⁴ guong¹ zeo¹ nin⁴ hing³, di¹ yé⁵ hou²
　星　期　日　係　崇　光　周　年　慶，啲　嘢　好
dei² mai⁵.
抵　買。

星期天是崇光百貨周年慶，買東西挺值的。

③ Ni¹ dêu³ hai⁴ da² zo² jid³ géi² qin²?
　呢　對　鞋　打　咗　折　幾　錢？

這雙鞋打完折後多少錢？

④ Bin¹ dou⁴ yeo⁵ mai⁶ wu⁶ fu¹ ben² gé³ pou³ teo²?
　邊　度　有　賣　護　膚　品　嘅　舖　頭？

哪裏有賣護膚品的商店？

⑤ Tai³ guei³ la³, gei³ péng⁴ di¹ la¹!

太 貴 喇，計 平 啲 啦！

太貴了，算便宜點吧！

⑥ Céng² men⁶ ho² m⁴ ho² yi⁵ yung⁶ sên³ yung⁶ kag¹?

請 問 可唔可以 用 信 用 咭？

請問能用信用卡嗎？

★ 日常會話

Ⓐ Xiu² zé², yeo⁵ med¹ yé⁵ ho² yi⁵ bong¹ dou² néi⁵?

小姐，有 乜 嘢可以 幫 到 你？

小姐，有什麼可以幫你的？

M⁴ goi¹ lo² go² go³ seo² doi² béi² ngo⁵ tei² ha⁵ a¹.

唔 該 攞 嗰個 手 袋 畀 我 睇 下 吖。

麻煩你拿那個包給我看一下。

Ⓑ M⁴ goi¹, ni¹ tiu⁴ kuen⁴ yeo⁵ mou⁵ zung¹ ma⁵ a³?

唔該，呢條 裙 有 冇 中 碼呀？

請問，這條裙子有中號的嗎？

Yeo⁵, néi⁵ ho² yi⁵ xi³ ha⁵ ni¹ tiu⁴.

有，你 可 以 試 下 呢 條。

有，你可以試試這條。

Céng² men⁶, ni¹ gin⁶ leo¹ yeo⁵ mou⁵ jid³ teo⁴ a³?

請　問，呢件　褸　有　冇　折　頭　呀？

請問，這件大衣有沒有折扣？

Yeo⁵ bad³ ng⁵ jid³,　jid³ sed⁶ zo² sam¹ qin¹ yi⁶ men¹.

有　八　五折，折　實　咗　三　千　二　蚊。

有八五折，打折後是三千二。

Gem², ngo⁵ zeo⁶ yiu³ ni¹ gin⁶ la¹.

噉，我　就　要　呢件　啦。

那，我就要這件。

hang⁴ gung¹ xi¹
行公司
逛公司

dai⁶ gam² ga³
大減價
大減價 / 大甩賣

●即「行街買嘢」，一般多用英語 shopping 表示。

sêng¹ cêng⁴
商場
商場

qiu¹ xi⁵
超市
超市

●「平」解作「平坦，平滑」時，讀 ping⁴。

péng⁴
平
便宜

jid³ teo⁴
折頭
折扣

hou² dei²
好抵
很值 / 划得來

yêg⁶ fong⁴
藥房
藥房

ma⁵/sai¹ xi²
碼／晒士
號 / 尺碼（size）

yin⁶ gem¹
現金
現金

sou³ fo³
掃貨
使勁買

(gin⁶) sam¹/leo¹

（件）衫 / 褸

大衣

(tou³) sei¹ zong¹

（套）西裝

(dêu³) hai⁴

（對）鞋

(dêu³) yi⁵ wan²

（對）耳環

(tiu⁴) tai¹

（條）呔

領帶

(go³) ngen⁴ bao¹

（個）銀包

錢包

(zeg³) gai³ ji²

（隻）戒指

(fu³) ngan⁵ géng²

（副）眼鏡

(zeg³) seo² biu¹

（隻）手錶

(ji¹) sên⁴ gou¹

（支）脣膏

★ **練習時間**

❶ 想買的那件衣服尺碼不合適，該向售貨員怎麼說？

❷ 把這句話用粵語說出來：**這塊手錶打了折也不便宜。**

答案： ❶ 個碼 / 個略大（size）唔啱，有冇大啲嘅 / 細啲嘅嘢（大啲 / 細啲嘅）？

❷ 呢隻手錶打折都唔平。

08

飲食

 重要句型

❶ Hêu³ bin¹ gan¹ ca⁴ leo⁴ yem² ca⁴ hou² a³?

去 邊 間 茶樓 飲茶 好呀?

去哪家茶樓喝茶好呢?

❷ Ngo⁵ déi⁶ co⁵ cêng¹ heo² go² bin¹ go³ ka¹ wei² la¹.

我 哋 坐 窗 口 嗰 邊 個 卡 位 啦。

我們坐靠窗的卡座吧。

❸ Bong¹ ngo⁵ hoi¹ wu⁴ hêng¹ pin², yiu³ wu⁴ guen² sêu² tim¹.

幫 我 開 壺 香 片,要 壺 滾 水 喺。

給我上一壺香片,再要壺熱開水。

❹ Néi⁵ zung¹ yi³ xig⁶ fan⁶ ding⁶ xig⁶ min⁶?

你 鍾 意 食 飯 定 食 麵?

你喜歡吃飯還是吃麵條?

❺ Cêu⁴ bin² dim² yé⁵ xig⁶ la¹, m⁴ sei² hag³ héi³.

隨便 點 嘢 食 啦,唔 使 客 氣。

隨便 / 儘管點菜,不用客氣。

❻ M⁴ goi¹ mai⁴ dan¹, ni¹ di¹ yé⁵ tung⁴ ngo⁵ da² bao¹ a¹.

唔 該 埋 單，呢啲 嘢 同 我 打 包 吖。

麻煩你買單，這些都替我打包。

★ 日常會話

Néi⁵ sêng² hêu³ fai³ can¹ dim³ ding⁶ hei⁶ hêu³ ca⁴ can¹ téng¹?

你 想 去 快 餐 店 定 係 去 茶 餐 廳？

你想去快餐店還是茶餐廳？

Mou⁵ so² wei⁶, keo⁴ kéi⁴ zed¹ bao² go³ tou⁵ zeo⁶ deg¹.

冇 所 謂，求 其 枳 飽 個 肚 就 得。

無所謂，能填飽肚子就行。

Ⓑ

M⁴ goi¹, séi³ go³ wei² yeo⁵ mou⁵?

唔 該，四 個 位 有 冇？

請問，四個位子有沒有？

Yi⁴ ga¹ méi⁶ yeo⁵, néi⁵ lo² zêng¹ féi¹ deng² giu³ lem¹ ba² la¹.

而 家 未 有，你 攞 張 飛 等 叫 冧 巴 啦。

現在還沒有，你拿張票等叫號吧。

Ⓒ

Guong² dung¹ yen⁴ xig⁶ fan⁶ zêu³ gen² yiu³ hei⁴ go³ tong¹.

廣 東 人 食 飯 最 緊 要 係 個 湯。

廣東人吃飯最重要的是那份湯。

Gem¹ man¹ néi⁵ cen¹ ji⁶ ha⁶ qu⁴, sen¹ fu² sai³ néi⁵ la³!
今 晚 你 親自下 廚，辛 苦晒 你 喇！

今晚你親自下廚，辛苦了！

Cao² géi² go³ sung³ hou² gan² dan¹, hei⁶ bou¹ tong¹ xi⁴ gan³
炒 幾 個 餸 好簡 單，係 煲 湯 時間

cêng⁴ di¹.
長 啲。

弄幾個菜很簡單，就是燉湯時間長一點兒。

巧記詞彙

lo² wei²
攞位
取號等入座

● 不光表示「喝茶」，還含上茶樓吃東西的意思。

hoi¹ wei²
開位
先找好位置

yem² ca⁴
飲茶
上茶樓

ju² fan⁶
煮飯
做飯

lem¹ ba²
冧巴
號碼（number）

● 粵語的「菜」限於指蔬菜。
● 買菜、炒菜都要說「買餸、炒餸」。

bou¹ tong¹
煲湯
燉湯／熬湯

tou⁵ ngo⁶
肚餓
肚子餓

sung³
餸
菜

log⁶ dan¹
落單
點菜

fen² min⁶ fan⁶
粉麵飯
米粉／麵條／米飯

da² bao¹
打包
（把食物）包回去

● 茶樓食品中，相對點心等的主食類。

mai⁴ dan¹
埋單
結賬／買單

can¹ pai²
餐牌
菜單

在哪裏吃飯？

dai⁶ pai⁴ dong³
大牌檔

ca⁴ leo⁴ / zeo² leo⁴
茶樓 / 酒樓

can¹ téng¹
餐廳

meg⁶ géi³
麥記
麥當勞

ju³ ga¹ fan⁶
住家飯
在家裏吃的

● 麥當勞 (meg⁶ dong¹ lou⁴) 快餐店的別稱。

★ **練習時間**

❶ 在菜館坐下後，想要點菜，該向服務員怎麼說？

❷ 把這句話用粵語說出來：**我們買菜自己做飯吧。**

答案：❶ 唔該，可唔該幫我落單 / 叫餸，唔該。

❷ 我哋買餸自己煮飯啦。

★ 重要句型

❶ Gem¹ yed³ tin¹ héi³ dim² a³?

今 日 天 氣 點 呀？

今天天氣怎麼樣？

❷ Hêng¹ gong² zêu³ dung³ géi² do¹ dou⁶?

香 港 最 凍 幾 多 度？

香港最冷是多少度？

❸ Go³ tin¹ lêng⁴ zo² di¹, zêg³ do¹ gin⁶ sam¹ la¹.

個 天 涼 咗 啲，著 多 件 衫 啦。

天轉涼了，多穿件衣服吧。

❹ Sêng⁶ zeo³ zung⁶ hei⁶ hou² tin¹, ha⁶ zeo³ zeo⁶ log⁶ gem³ dai⁶ yu⁵.

上 晝 仲 係 好 天，下 晝 就 落 咁 大 雨。

上午還是晴天，下午就下那麼大的雨。

❺ Tin¹ men⁴ toi⁴ ngam¹ ngam¹ gua³ zo² bad³ hou⁶ fung¹ keo⁴.

天 文 台 啱 啱 掛 咗 八 號 風 球。

天文台剛發出八號颱風信號。

❻ Tin¹ héi³ yu⁶ bou³ wa⁶: ting¹ yed³ do¹ wen⁴, gan³ zung¹ yeo⁵ zao⁶ yu⁵.

天 氣 預 報 話：聽 日 多 雲，間 中 有 驟 雨。

天氣預報説：明天多雲，有時下驟雨。

★ 日常會話

Néi⁵ zung¹ m⁴ zung¹ yi³ Hêng¹ gong² gé³ tin¹ héi³?

你 鍾 唔 鍾 意 香 港 嘅 天 氣？

你喜歡香港的天氣嗎？

Ha⁶ tin¹ hou² yid⁶, séng⁴ sen¹ hon⁶ hou² m⁴ xu¹ fug⁶.

夏 天 好 熱，成 身 汗 好 唔 舒 服。

夏天很熱，渾身是汗很不舒服。

Bed¹ guo³ sêng¹ cêng⁴ geo³ do¹, yeo⁵ lang⁵ héi³.

不 過 商 場 夠 多，有 冷 氣。

不過商場夠多，有空調。

Ⓑ

Gem¹ yed⁶ hou² sai³, cêd¹ mun⁴ dai³ fan¹ déng² mou² hou² di¹.

今 日 好 曬，出 門 戴 番 頂 帽 好 啲。

今天很曬，出門戴上帽子好點兒。

Ngo⁵ dai³ zo² zé¹, log⁶ yu⁵ dou¹ m⁴ pa³.
我 帶 咗 遮，落 雨 都 唔 怕。

我帶了傘，下雨也不怕。

C

Ni¹ pai⁴ hou² qiu⁴ seb¹, sei² zo² gé³ sam¹ dou¹ long⁶ m⁴ gon¹.
呢 排 好 潮 濕，洗 咗 嘅 衫 都 晾 唔 乾。

這一陣子很潮濕，洗了衣服都晾不乾。

Yiu³ yeo⁵ bou⁶ ceo¹ seb¹ géi¹ ji³ gao² deg¹ dim⁶.
要 有 部 抽 濕 機 至 搞 得 掂。

得有部抽濕機才行。

巧記詞彙

lêng⁴
涼
涼 / 涼爽

yid⁶
熱
熱

dung³
凍
冷 / 冰

●表示冷的感覺
●又用於飲料：凍奶茶。

qiu⁴ seb¹
潮濕
潮濕

sai³
曬
曬

hou² tin¹
好天
晴天 / 天晴

●以往用「風球」表示颱風的級別，訊號要懸掛在高處。

da² fung¹
打風
颳颱風

hou² dai⁶ fung¹
好大風
風很大

ceo¹ seb¹
抽濕
抽濕

séng⁴ sen¹ hon⁶
成身汗
渾身是汗

lang⁵ héi³
冷氣
空調

dam¹ zé¹

擔遮

打傘

lem³ san¹ nei⁴ / san¹ nei⁴ king¹ sé³

冧山泥 / 山泥傾瀉

泥石流

log⁶ yu⁵ méi¹

落雨溦

下毛毛雨

●「冧」即塌，坍塌。

天氣報告用語

tin¹ yem¹

天陰

tin¹ men⁴ toi⁴

天文台

lêu⁴ bou⁶

雷暴

yeo⁵ yu⁵

有雨

do¹ wen⁴

多雲

★ 練習時間

❶ 看到天要下雨了，提醒對方帶傘，該怎麼說？

❷ 把這句話用粵語說出來：**颳颱風的時候海邊風很大。**

答案： ❶ 好似要落雨喇，帶埋把遮好喎。

❷ 打風嘅時候海邊好大風。

10

愛好

 重要句型

❶ Néi⁵ zung¹ m⁴ zung¹ yi³ teg³ bo¹?

你 鍾 唔 鍾 意 踢 波？

你喜歡踢球嗎？

❷ Ngo⁵ zung¹ yi³ da² yu⁵ mou⁴ keo⁴ do¹ di¹.

我 鍾 意 打 羽 毛 球 多 啲。

我比較喜歡打羽毛球。

❸ Zou⁶ jim¹ hei⁶ ngo⁵ mui⁵ yed³ gé³ ji² ding⁶ dung⁴ zog³.

做 gym 係 我 每 日 嘅 指 定 動 作。

健身是我每天必做的活動。

❹ Ngo⁵ zêu³ zung¹ yi³ dai³ go³ zei² hêu³ hoi² tan¹ yeo⁴ sêu², wan² sa¹.

我 最 鍾 意 帶 個 仔 去 海 灘 游 水、玩 沙。

我最喜歡帶兒子到海灘游泳、堆沙。

❺ Hêu³ lêu³ heng⁴ néi⁵ sêng² bou³ tün⁴ ding⁶ hei⁶ ji⁶ yeo⁴ heng⁴?
　　去　旅　行　你　想　報　團　定　係　自　由　行？

去旅行你想報團還是個人遊？

❻ Nêu⁵ zei² yeo⁵ bin¹ go³ m⁴ zung¹ yi³ hang⁴ sêng¹ cêng⁴ mai⁵ yé⁵ a¹?
　　女　仔　有　邊　個　唔　鍾　意　行　商　場　買　嘢吖？

女孩子誰不愛逛商場買東西？

★　日常會話

A

Néi⁵ zung¹ m⁴ zung¹ yi³ téng¹ yem¹ ngog⁶ wui²?
你　鍾　唔　鍾　意　聽　音　樂　會？

你喜歡聽音樂會嗎？

Ngo⁵ zung¹ yi³ cêng³ kéi¹ do¹ di¹.
我　鍾　意　唱　K　多　啲。

我比較喜歡唱卡拉 OK。

B

Xing¹ kéi⁴ yed⁶ sêng² dai³ mai⁴ di¹ sei³ lou⁶ hêu³ gao¹ ngoi² wan² ha⁵.
星　期　日　想　帶　埋　啲　細　路　去　郊　外　玩下。

星期天想帶小孩到郊外去玩兒。

Hêu³ Dai⁶ bou³ cai² dan¹ cé¹ géi² hou² ga³.
去　大　埔　踩　單　車　幾　好　㗎。

去大埔騎自行車挺好的。

C

Ting¹ yed³ fong³ ga³ néi⁵ sêng² hêu³ bin¹ dou⁶?
聽 日 放假你 想 去 邊度？

明天放假你想去哪兒？

Tei² cêng⁴ héi³ ji¹ heo⁶ hêu³ xig⁶ fan⁶ a¹.
睇 場 戲之後 去 食 飯 吖。

看場電影然後去吃飯吧。

Hou², deng² ngo⁵ sêng⁵ mong⁵ mai⁵ féi¹ xin¹.
好，等 我 上 網 買 飛 先。

好，我先上網買票。

巧記詞彙

●香港的電影院一般稱為戲院。

tei² xu¹
睇書
看書

tei² héi³
睇戲
看電影

zou⁶ jim¹/ gin⁶ sen¹
做 gym / 健身
健身

téng¹ go¹
聽歌
聽歌

tei² sou¹
睇騷
看演出（show）

cai² dan¹ cé¹
踩單車
騎自行車

yeo⁴ sêu²
游水
游泳

hang⁴ san¹
行山
爬山

da² bo¹
打波
打球

hang⁴ gai¹ mai⁵ yé⁵
行街買嘢
逛街購物

pao² bou⁶
跑步
跑步

●羽毛球、足球、籃球等詞中的「球」不會改說「波」。

zung¹ yi³

鍾意

喜歡

deg¹ han⁴ zeo⁶

得閒就……

有空就……

zung¹ yi³... do¹ di¹

鍾意……多啲

比較喜歡……

hou² sêng²

好想

很想

oi³ hou³

愛好

愛好

 練習時間

❶ 想問人家喜不喜歡上電影院看電影,該怎麼說?

❷ 把這句話用粵語說出來:**我有空就會到海灘游泳。**

答案: ❶ 你鍾意唔鍾意去戲院睇戲呀?

❷ 我得閒就會去海灘游水。

單元二

日常傳意

11

打電話

★ 重要句型

❶ Wen² bin¹ wei²?

　　搵　邊　位？

　　找哪位？

❷ Qing² men⁶ Ho⁴ ging¹ léi⁵ hei² m⁴ hei² dou⁶?

　　請　問　何　經　理　喺　唔　喺　度？

　　請問何經理在不在？

❸ M⁴ goi¹ ngo⁵ sêng² wen²...

　　唔　該　我　想　搵……

　　麻煩你，我想找……

❹ Kêu⁵ ngam¹ ngam¹ hang⁴ hoi¹ zo², néi⁵ bin¹ wei² wen² kêu⁵?

　　佢　啱　啱　行　開　咗，你　邊　位　搵　佢？

　　他正好不在，您哪位找他？

⑤ Néi⁵ qi⁴ di¹ zoi³ da² lei⁴ la¹.

你 遲 啲 再 打 嚟 啦。

您晚點兒再打來吧。

⑥ Ngo⁵ gem¹ man⁵ zoi³ béi² din⁶ wa² néi⁵.

我 今 晚 再 畀 電 話 你。

我今晚再給你打電話。

★ 日常會話

M⁴ goi¹ wen² Wong⁴ xiu² zé² téng¹ din⁶ wa².

唔 該 搵 黃 小 姐 聽 電 話。

麻煩你請黃小姐接電話。

Kêu⁵ m⁴ hei² dou⁶, néi⁵ sei² m⁴ sei² leo⁴ go³ heo² sên³ béi² kêu⁵?

佢 唔 喺 度，你 使 唔 使 留 個 口 信 畀 佢？

她不在，您要不要給她留話？

M⁴ sei² la³, ngo⁵ xi³ ha⁵ da² kêu⁵ seo² géi¹ la¹.
唔 使 喇，我 試 下 打 佢 手 機 啦。

不用了，我試打她手機。

B

Ngo⁵ sêng² men⁶ ha⁵ bou³ méng² gé³ xi⁶.
我 想 問 下 報 名 嘅 事。

我想問問報名的事。

Néi⁵ leo⁴ dei¹ din⁶ wa², ngo⁵ giu³ fu⁶ zag¹ gé³ tung⁴ xi⁶ fug¹ fan¹ néi⁵.
你 留 低 電 話，我 叫 負 責 嘅 同 事 覆 番 你。

你留下電話號碼，我請負責的同事回覆你。

C

Ngo⁵ sêng² yu⁶ yêg³ tei² yi¹ seng¹.
我 想 預 約 睇 醫 生。

我想預約看病。

Gem¹ yed⁶ yi⁵ ging¹ yêg³ mun⁵ zo², ting¹ yed⁶ sêng⁶ zeo³
今 日 已 經 約 滿 咗，聽 日 上 晝

seb⁶ dim² bun³ deg¹ m⁴ deg¹?
十 點 半 得 唔 得？

今天已經約滿了，明天上午十點半行不行？

Hou² a¹. Ngo⁵ gé³ fug¹ cen² kad¹ hou⁶ ma⁵ hai⁶...
好 吖。我 嘅 覆 診 咭 號 碼 係⋯⋯。

好吧。我的覆診卡號碼是⋯⋯。

wen² ... téng¹ din⁶ wa²

搵⋯⋯聽電話

找⋯⋯聽電話

seo¹ deg¹ m⁴ qing¹ co²

收得唔清楚

接收 / 聽不清楚

leo⁴ keo² sên³

留口信

留言

m⁴ hei² dou⁶

唔喺度

不在

deng² yed¹ zen⁵ zoi³ da²

等一陣再打

等一下再打

mou⁵ din⁶/ mou⁶ sên³ hou⁶

冇電 / 冇信號

沒電 / 沒信號

din⁶ wa² kag¹

電話咭

電話卡

din⁶ wa² lem¹ ba²

電話冧巴

電話號碼

da² m⁴ tung¹

打唔通

佔線 / 沒接通

●「冧巴」就是號碼，是 number 的音譯。

我想⋯⋯

déng⁶ piu³
訂票

sen¹ qing²
申請

bou³ sed¹
報失

déng⁶ toi²
訂枱

ca⁴ sên¹/ men⁶ ha⁵
查詢 / 問下

bou³ méng²
報名

「畀」的用法

béi² néi⁵
**畀⋯⋯你 /
⋯⋯畀你**

給你⋯⋯

béi² go³ bui¹ ngo⁵ / lo² go³ bui¹ béi² ngo⁵
畀個杯我 / 攞個杯畀我
給我拿個杯子

béi² din⁶ wa² néi⁵ / da² din⁶ wa² béi² néi⁵
畀電話你 / 打電話畀你
給你打電話

058

★ 練習時間

❶ 接電話的人說你要找的人不在，你接著會說什麼？

❷ 把這句話用粵語說出來：**我手機接收有點問題，等一會兒再給你打。**

答案：❶ 我遲啲再打畀佢啦。／唔該叫佢打畀我呀。／唔該幫我留個口信俾佢哋。

❷ 我手機收得唔好／涉機，等一陣再打畀你。

★ 重要句型

❶ Ni¹ go³ xing¹ kéi⁴ yed⁶ néi⁵ deg¹ m⁴ deg¹ han⁴?

呢 個 星 期 日 你 得 唔 得 閒?

這個星期天你有空嗎?

❷ M⁴ hou² yi³ xi³, ngo⁵ yêg³ zo² yen⁴.

唔 好 意 思,我 約 咗 人。

不好意思,我約了人。

❸ Ngo⁵ go² yed⁶ m⁴ deg¹, bed¹ yu⁴ ha⁶ go³ lei⁵ bai³ a¹.

我 嗰 日 唔 得,不 如 下 個 禮 拜 吖。

我那天不行,下個星期怎麼樣?

❹ Yêg³ mai⁴ Hiu² tung⁴ yed¹ cei⁴ hêu³ a¹.

約 埋 曉 彤 一 齊 去 吖。

約曉彤一塊兒去吧。

⑤ Ha⁶ zeo³ hêu³ hoi² bin¹ hang⁴ ha⁵, yin⁴ heo⁶ xig⁶ man⁵ fan⁶, hou²

下　畫　去　海　邊　行　下，然　後　食　晚　飯，好

m⁴ hou²?

唔　好？

下午去海邊走走，然後吃晚飯，好嗎？

⑥ Géi² dim² hei² bin¹ dou⁶ deng²?

幾　點　喺　邊　度　等？

幾點在哪兒等？

★ 日常會話

Ⓐ

Ting¹ yed⁶ yed¹ cei⁴ hêu³ yem² ca⁴ hou² m⁴ hou²?

聽　日　一　齊　去　飲　茶　好　唔　好？

明天一起去飲茶好不好？

Ngo⁵ yeo⁵ yêg³ wo³, dei⁶ yi⁶ yed⁶ zoi³ yêg³ guo³ la¹. / ha⁶ qi³ xin¹ la¹.

我　有　約　喎，第　二　日　再　約　過　啦。/ 下次　先　啦。

我有約了，改天再去吧。/ 改天吧。

Ⓑ

Gem¹ man¹ hêu³ tei² héi³ a¹,　cêd¹ héi³ zou⁶ mai⁴ ni¹ go³

今　晚　去　睇　戲　吓，齣　戲　做　埋　呢個

lei⁵ bai³ ga³ za³!

禮　拜　㗎　咋！

今晚去看電影吧，這部電影上映就剩這個星期了。

Ngo⁵ ni¹ géi² yed⁶ hou² mong⁴, xing¹ kéi⁴ ng⁵ man¹ xin¹ deg¹.
我 呢 幾 日 好 忙，星 期 五 晚 先 得。

我這幾天很忙，星期五才行。

Gem², gong³ zo² gung¹ ngo⁵ lei⁴ jib³ néi⁵.
嗽，放 咗 工 我 嚟 接 你。

那，下了班我來接你。

C

Ngo⁵ déi⁶ hei² Wong⁶ gog³ déi⁶ tid³ zam⁶ deng² la¹.
我 哋 喺 旺 角 地 鐵 站 等 啦。

我們在旺角地鐵站等吧。

Hou² a³, hei² A cêd¹ heo² ding⁶ hei⁶ B cêd¹ heo² a³?
好 呀，喺 A 出 口 定 係 B 出 口 呀？

好，在 A 出口還是 B 出口？

Ngo⁵ dou¹ m⁴ heng² ding⁶, dou³ xi⁴ din⁶ wa² lün⁴ log³ la¹.
我 都 唔 肯 定，到 時 電 話 聯 絡 啦。

我也説不準，到時電話聯繫吧。

巧記詞彙

deg¹ han⁴
得閒
有空

yeo⁵ yêg³
有約
有約

yêg³ mai⁴……
約埋……
約……一起

qi⁴ di¹ xin¹……
遲啲先……
以後再……

yed¹ cei⁴
一齊
一起

hei² bin¹ dou⁶ deng²
喺邊度等
在哪兒等

日子 / 時間

gem¹ go³ yud⁶
今個月
這個月

xing¹ kéi⁴ / lei⁵ bai³ yed⁶
星期 / 禮拜日
星期日

ni¹ pai⁴
呢排
最近 / 這一陣

sêng⁶ / ha⁶ zeo³
上 / 下晝
上 / 下午

yé⁶ man⁵ /man⁵ heg¹
夜晚 / 晚黑
晚上

yud⁶ teo⁴ / méi⁵
月頭 / 尾
月初 / 底

另約時間

ngo⁵ ni¹ yed⁶ m⁴ deg¹, yêg³ guo³ dei⁶ yi⁶ yed⁶ la¹.
我呢日唔得，約過第二日啦。
我這天不行，約另一天吧。

dei⁶ yi⁶ yed⁶
第二日
另一天 / 改天

●用於拒絕，「二」可以省略。

ni¹ pai⁴ hou² mong⁴, dei⁶ (yi⁶) yed⁶ xin¹ la¹.
呢排好忙，第（二）日先啦。
最近很忙，改天再説吧。

答案： ❶ 我呢日唔得閒，下個星期日啦，你得唔得？ / 約第二日
　　　　　啦，好唔好？
　　　　❷ 得閒我哋約埋老陳一齊飲茶。

★ 練習時間

❶ 不能應約的時候，確認約會時間，可以怎麼說？

❷ 試運用這用餐邀請語造出來：有空咱們約上茶樓一起
飲茶。

13

迎送

★ **重要句型**

❶ Do¹ zé⁶ guong¹ lem⁴.

多　謝　光　臨。

謝謝光臨。

❷ Do¹ zé⁶ néi⁵ déi⁶ lei⁴ pung² cêng⁴.

多　謝　你　哋　嚟　捧　場。

謝謝你們來捧場。

❸ Ngo⁵ yiu³ zeo² xin¹ la³, ha⁶ go³ xing¹ kéi⁴ gin³.

我　要　走　先　喇，下　個　星　期　見。

我要先走了，下週見。

❹ Deg¹ han⁴ dai⁻³ mai⁴ di¹ sei³ lou⁶ lei⁴ wan² guo³ a¹.

得　閒　帶　埋　啲　細　路　嚟　玩　過　吖。

有空再帶孩子們來玩。

⑤ Gem¹ yed⁶ king¹ deg¹ hou² hoi¹ sem¹, ha⁶ qi³ géi² xi⁴ zoi³ gin³?

今 日 傾 得 好 開 心，下 次 幾 時 再 見？

今晚談得很高興，下次什麼時候再見？

⑥ Nan⁴ deg¹ gin³ min⁶, co⁵ do¹ yed¹ zen⁶ la¹.

難 得 見 面，坐 多 一 陣 啦。

難得見面，再多坐一會兒吧。

★ 日常會話

Gin³ dou² néi⁵ zen¹ hei⁶ hoi¹ sem¹, fai³ di¹ yeb⁶ lei⁴ co⁵!

見 到 你 真 係 開 心，快 啲 入 嚟 坐！

見到你真高興，快請進！

Xiu² xiu² yi³ xi¹, hei⁶ di¹ ga¹ hêng¹ deg⁶ can².

小 小 意 思，係 啲 家 鄉 特 產。

一點兒心意，是家鄉特產。

Néi⁵ tai³ hag³ héi³ la³, zen¹ hei⁶ do¹ zé⁶ sai³.

你 太 客 氣 喇，真 係 多 謝 晒。

你太客氣了，真謝謝你。

B

Ca¹ m⁴ do¹ geo³ zung¹ deng¹ géi¹ la³, ngo⁵ yiu³ zeo² la³.
差 唔 多 夠　鐘　登 機 喇，我 要 走 喇。

差不多到點兒登機了，我得走了。

Néi⁵ xiu² sem¹ di¹,　ji⁶ géi³ jiu³ gu³ hou² ji⁶ géi² a³!
你 小 心 啲，自 己 照 顧 好 自 己 呀！

你路上小心，自己照顧好自己！

C

Zoi³ gin³ la³,　néi⁵ yiu³ do¹ di¹ yeo¹ xig¹ a³!
再 見 喇，你 要 多 啲 休 息 呀！

再見了，你要多休息！

Néi⁵ dou¹ yiu³ bou² zung⁶. Bong¹ ngo⁵ men⁶ heo⁶ néi⁵ tai³ tai²
你 都 要 保 重。 幫 我 問 候 你 太 太

yed¹ séng¹ a³.
一 聲 呀。

你也要保重。幫我向你太太問聲好。

巧記詞彙

fun¹ ying⁴
歡迎
歡迎

béi² min²
畀面
賞臉

do¹ zé⁶ pung² cêng⁴
多謝捧場
謝謝捧場

deg¹ han⁴ zoi³ lei⁴
得閒再嚟
有空再來

ca¹ m⁴ do¹ yiu³ zeo²
差唔多要走
差不多要走

da² gao² sai³
打攪晒
打擾了

géi² xi⁴ zoi³ fan¹ lei⁴
幾時再返嚟
什麼時候回來

man⁶ man² hang⁴ /
man⁶ hang⁴
慢慢行 / 慢行
慢走

yed¹ lou⁶ sên⁶ fung¹
一路順風
一路順風

m⁴ sei² sung³ la³
唔使送喇
不用送了

men⁶ heo⁶ yed¹ séng¹
問候一聲
問聲好

●請人家留步説「唔
使送」；送人分手
時説「唔送喇」。

見面問候

sen¹ tei² géi² hou² ma³?

身體幾好嗎?

身體還好嗎?

di¹ sei³ lou⁶ dai⁶ go³ zo² gem³ do¹

啲細路大個咗咁多

小孩都長個兒了 / 長那麼大了

jing¹ sen⁴ hou² hou²

精神好好

精神很好

gin³ dou² néi⁵ hou² gou¹ hing³

見到你好高興

見到你很高興

★ 練習時間

❶ 朋友出行,送行分手時會說什麼?

❷ 把這句話用粵語說出來:**老校長還好嗎?請替我問候他。**

答案: ❶ 你自己小心啊!旅遊愉快呀,一路順風。
❷ 老校長幾好嗎?幫我問候佢一聲。

070

14

道謝

∩14

 重要句型

❶ Do¹ zé⁶ néi⁵ gé³ yiu¹ qing².

　多 謝 你 嘅 邀 請。

謝謝您的邀請。

❷ Do¹ zé⁶ néi⁵ yed¹ fan¹ sem¹ yi³.

　多 謝 你 一 番 心 意。

謝謝您一番心意。

❸ Néi⁵ gé³ hou² yi³ ngo⁵ sem¹ ling⁵ la³!

　你 嘅 好 意 我 心 領 喇!

您的好意我心領了!

❹ Kêu⁵ yeo⁶ cêd¹ qin² yeo⁶ cêd¹ lig⁶, zen¹ hei⁶ m⁴ wa⁶ deg¹.

　佢 又 出 錢 又 出 力, 真 係 唔 話 得。

他又出錢又出力, 真沒得説。

❺ Do¹ deg¹ néi⁵ yed¹ jig⁶ yi⁵ lei⁴ gem³ guan¹ jiu³ ngo⁵.

多 得 你 一 直 以 嚟 咁 關 照 我。

多虧您一直以來那麼關照我。

❻ Néi⁵ gé³ lei⁵ med⁶ hou² yeo⁵ sem¹ xi¹.

你 嘅 禮 物 好 有 心 思。

你的禮物很用心思。

★ 日常會話

Ⓐ

Néi⁵ bong¹ zo² ngo⁵ go³ dai⁶ mong⁴, zen¹ hei⁶ m⁴ ji¹ dim² do¹ zé⁶
你 幫 咗 我 個 大 忙，真 係 唔 知 點 多 謝
néi⁵ hou².
你 好。

你幫了我那麼大的忙，真不知怎樣感謝你才好。

Xiu² yi³ xi¹ zé¹, m⁴ sei² hag³ héi³.
小 意 思 啫，唔 使 客 氣。

盡點力而已，不用客氣。

Ⓑ

Qun⁴ kao³ néi⁵ déi⁶ gé³ ji¹ qi⁴ ngo⁵ xin¹ ji³ yeo⁵ gem² gé³ xing⁴ jig¹.
全 靠 你 哋 嘅 支 持 我 先 至 有 噉 嘅 成 績。

全靠你們的支持我才有這樣的成績。

Qin^1 kéi^4 m^4 hou^2 gem^2 gong^2, néi^5 ying^1 deg^1 gé^3.
千 祈 唔 好 噉 講，你 應 得 嘅。

千萬別那麼説，這是你應得的。

Mou^4 lên^6 dim^2, zen^1 hei^6 hou^2 gem^2 gig^1 néi^5.
無 論 點，真 係 好 感 激 你！

無論怎麼説，非常感激！

Ⓒ Ni^1 fen^6 lei^5 med^6, héi^1 mong^6 néi^5 zung^1 yi^3.
呢 份 禮 物，希 望 你 鍾 意。

這份禮物，希望你喜歡。

Gem^3 hag^3 héi^3 a^3, néi^5 tung^4 ngo^5 do^1 zé^6 dai^6 ga^1 la^1.
咁 客 氣 呀，你 同 我 多 謝 大 家 啦。

你們太客氣了，你代我謝謝大家。

巧記詞彙

do¹ zé⁶ / m⁴ goi¹
多謝 / 唔該
謝謝

● 接受別人的給予，説「多謝」；麻煩人家做事，説「唔該」。

gem² zé⁶ / gem² gig¹
感謝 / 感激
感謝 / 感激

● 「晒」表示強調，接近普通話的「太」。

do¹ deg¹ néi⁵ jiu³ gu³
多得你照顧
多虧你照顧

ma⁴ fan⁴ sai³ néi⁵
麻煩晒你
太麻煩你了

gêu² seo² ji¹ lou⁴
舉手之勞
舉手之勞

do¹ zé⁶ guong¹ lem⁴
多謝光臨
謝謝光臨

ying¹ goi¹ gé³
應該嘅
應該的

xiu² xiu² sem¹ yi³
小小心意
一點兒心意

多謝你……

xing⁶ qing⁴ jiu¹ doi⁶
盛情招待

zou⁶ têu¹ jin³ yen⁴
做推薦人

gün¹ zo⁶
捐助

074

gai³ xiu⁶··· béi² ngo⁵
介紹⋯⋯畀我

cêd¹ seo² bong¹ mong⁴
出手幫忙

lei⁵ med⁶
禮物

★ **練習時間**

❶ 下面兩種情境，該怎麼回應，請選擇。

・朋友買了部電話送給你，你接過電話時，應該說：

　A. 多謝　　　B. 唔該

・你想借用朋友的電話，他把電話遞給你，你應該說：

　A. 多謝　　　B. 唔該

❷ 把這句話用粵語說出來：**要不是你介紹唐經理給我**
認識，這件事不會那麼順利。

❷ 唔係你幫我介紹唐經理嚟識，呢件事唔會咁順利。

❶：A. 多謝。 ・B. 唔該。 答案：

15

節慶

 重要句型

❶ Dung¹ ji³ hei⁶ go³ dai⁶ jig³, jing³ so² wei⁶ dung¹ dai⁶ guo³ nin⁴.

冬 至 係 個 大 節，正 所 謂「冬 大 過 年」。

冬至是個大節，正所謂「冬大過年」。

❷ Gung¹ héi² néi⁵ nin⁴ nin⁴ yeo⁶ gem¹ yed⁶, sêu³ sêu³ yeo⁶ gem¹ jiu¹.

恭 喜 你 年 年 有 今 日，歲 歲 有 今 朝。

恭喜你年年有今日，歲歲有今朝。

❸ Sen¹ cên¹ bou⁶ heng⁴ yun⁵ zug¹ yu⁶ yi³ hang⁴ dai⁶ wen⁶.

新 春 步 行 遠 足 寓 意 行 大 運。

新春步行遠足寓意交好運。

❹ Gid³ zo² fen¹ zeo⁶ yiu³ pai¹ léi⁶ xi⁶ béi² di¹ sei³ lou⁶.

結 咗 婚 就 要 派 利 是 畀 啲 細 路。

結了婚就要給小孩發紅包。

❺ Ced¹ yed¹ wui⁴ guei¹ tung⁴ Guog³ hing³ dou¹ wui⁵ fong³ yin¹ fa¹.
　七　一　回　歸　同　國　慶　都　會　放　煙　花。

七一回歸和國慶都會放煙火。

❻ Guo³ yun⁴ Xing³ dan³ yeo⁶ dou³ Yun⁴ dan³, lin⁴ mai⁴ fong³ hou²
　過　完　聖　誕　又　到　元　旦，連　埋　放　好

do¹ yed⁶ ga³.
多　日　假。

過完聖誕又到元旦，連起來放好多天假期。

★　日常會話

Dün¹ ng⁵ jig³ nin⁴ nin⁴ dou¹ yeo⁵ lung⁴ zeo¹ ging³ dou⁶.
端 午 節 年 年 都 有 龍 舟 競 渡。

端午節每年都有賽龍舟。

Hei² bin¹ dou⁶ yeo⁵ deg¹ tei²?
喺 邊 度 有 得 睇？

哪裏可以看得到？

Hêng¹ gong² zei² yeo⁶ yeo⁵, Sa¹ tin⁴ yeo⁶ yeo⁵.
香 港 仔 又 有，沙 田 又 有。

香港仔有比賽，沙田也有。

B

Gung¹ héi² néi⁵ sen¹ cên¹ dai⁶ ged¹ dai⁶ léi⁶.
恭　喜　你　新　春　大　吉　大　利！

恭喜你新春大吉大利！

Dai⁶ ga¹ gem² wa⁶.
大　家　噉　話。

彼此彼此。

C

Gem¹ nin² Qing⁴ yen⁴ jid³ tung⁴ Yun⁴ xiu¹ jid³ hei⁶ tung⁴ yed¹ yed⁶.
今　年　情　人　節　同　元　宵　節　係　同　一　日。

今年情人節跟元宵節是同一天。

Néi⁵ nem² hou² tung⁴ nêu⁵ peng⁴ yeo⁵ dim² hing³ zug¹méi⁶ a³?
你　諗　好　同　女　朋　友　點　慶　祝　未　呀？

你想好了怎麼跟女朋友慶祝沒有？

Zung¹ ceo¹ sêng² yud²

中秋賞月

Xing³ dan³ deng¹ xig¹

聖誕燈飾

● 「卅」是三十的合音;「團年」指吃年夜飯。

Nin⁴ sa¹ a⁶ man⁵ tün⁴ nin⁴

年卅呀晚團年

Dung¹ ji³ / Dung¹ jid³

冬至 / 冬節

gung¹ héi² fad³ coi⁴

恭喜發財

Cung⁴ yêng⁴ deng¹ gou¹

重陽登高

fei¹ cên¹

揮春

● 又稱「打醮」,一種祭神儀式。香港長州每年有大型活動。

Tai³ ping⁴ qing¹ jiu³

太平清醮

● 過年時貼的寫有吉祥字句的紅紙,如「出入平安」。

Nung⁴ lig⁶ Sen¹ nin⁴
農曆新年

Man⁷ xing³ jid³
萬聖節

Fed⁶ dan³
佛誕

Yu⁴ lan⁴ jid³
盂蘭節

Mou⁶ cen¹/ Fu⁷ cen¹ jid³
母親 / 父親節

Fug⁶ wud⁶ jid³
復活節

★ 練習時間

❶ 你可以說說兩種節慶活動嗎?

❷ 把這句話用粵語說出來:大年三十人人都回家吃年夜飯。

答案: ❶ 農曆新年食團年飯:萬聖節夜晚扮鬼嚇人。

❷ 年卅晚人人都返屋企食團年飯。

単元三

便利旅遊

★ 重要句型

❶ Sem¹ zen³ wan³ gé³ kua¹ ging² ba¹ xi², hêu³ Wan¹ zei² yiu³ géi² noi⁶?

深 圳 灣 嘅 跨 境 巴 士，去 灣 仔 要 幾 耐 ?

深圳灣的跨境巴士，去灣仔要多長時間？

❷ Zung¹ gong² xing⁴ ma⁵ teo⁴ yeo⁵ mou⁵ xun⁴ hêu³ Ju¹ hoi²?

中 港 城 碼 頭 有 冇 船 去 珠 海 ?

中港城碼頭有沒有船到珠海？

❸ Géi¹ cêng⁴ ba¹ xi² fai³ xin³ hei² Beg¹ gog³ hoi¹, yeo⁵ tung¹ xiu¹ xin³.

機 場 巴 士 快 線 喺 北 角 開，有 通 宵 線。

機場巴士快線從北角開出，有通宵線。

❹ Céng² men⁶ hêu³ xi⁵ kêu¹ gé³ dig¹ xi² hei⁶ m⁴ hei⁵ pai⁴ ni¹ tiu⁴ dêu²?

請 問 去 市 區 嘅 的 士 係 唔 係 排 呢 條 隊 ?

請問去市區的的士是在這兒排隊嗎？

❺ Géi¹ tid³ zam⁶ yeo⁵ min⁵ fei³ qun¹ so¹ ba¹ xi² hêu³ zeo² dim³.
　機 鐵 站 有 免 費 穿 梭 巴 士 去 酒 店。

機鐵站有穿梭巴士去酒店，免費的。

❻ M⁴ goi¹, ni¹ ban¹ cé¹ hêu³ Lo⁴ wu⁴ ding⁶ hei⁶ Log⁶ ma⁵ zeo¹?
　唔 該，呢 班 車 去 羅 湖 定 係 落 馬 洲?

請問，這班車去羅湖還是去落馬洲?

★ 日常會話

A

Dab³ jig⁶ tung¹ ba¹ xi² lei⁴ Hêng¹ gong² hou² fong¹ bin⁶.
搭 直 通 巴 士 嚟 香 　港 好 方 便。

坐直通巴士來香港很方便。

Hei⁶ a³,　yi⁴ ga¹ zung⁶ yeo⁵ gou¹ tid³ dab³ tim¹, jig⁶ dad⁶
係呀，而 家 仲 有 高 鐵 搭 嘅，直 達

Sei¹ geo² lung⁴.
西 九 龍。

是啊，現在還有高鐵可坐，直達西九龍。

B

Cêd¹ zo² géi¹ cêng⁴, yeo⁵ med¹ yé⁵ cé¹ dab³ a³?
出 咗 機 場，有 乜 嘢 車 搭 呀?

從機場出來後，可以坐什麼車呢?

083

Dab³ géi¹ tid³ bun³ go³ zung¹ dou² zeo⁶ dou³ Zung¹ wan⁴.
搭 機 鐵 半 個 鐘 度 就 到 中 環。

Wui⁴ qing⁴ zung⁶ yeo⁵ yeo¹ wei⁶.
回 程 仲 有 優 惠。

搭機鐵半個鐘頭左右就到中環。回程還有優惠。

C Hei² Ou³ mun² dab³ pen³ sé⁶ xun⁴ lei⁴ Hêng¹ gong², ting⁴ bin¹
喺 澳 門 搭 噴 射 船 嚟 香 港,停 邊

go³ ma⁵ teo⁴?
個 碼 頭?

從澳門坐噴射船來香港,停哪個碼頭?

Ting⁴ Geo² lung⁴ zung¹ gong¹ xing⁴ wag⁶ zé² Hêng¹ gong²
停 九 龍 中 港 城 或 者 香 港

gong² ou³ ma⁵ teo⁴.
港 澳 碼 頭。

停九龍中港城或者香港港澳碼頭。

qun¹ so¹ ba¹ xi²

穿梭巴士

●一般稱為「直通巴士」。

géi¹ tid³

機鐵

kua¹ ging² ba¹ xi²

跨境巴士

gou¹ tid³

高鐵

jig⁶ tung¹ cé¹

直通車

pen³ sé⁶ xun⁴

噴射船

●的士分市區（紅色）、新界（綠色）和大嶼山（藍色）三種。

xi⁵ kêu¹ dig¹ xi²

市區的士

Sem¹ zen³ wan¹

深圳灣

Wong⁴ gong¹

皇崗

Sa¹ teo⁴ gog³

沙頭角

Cég³ lab⁶ gog³ géi¹ cêng⁴

赤鱲角機場

Sei¹ geo² lung⁴ zam⁶

西九龍站

Dung¹ cung¹

東涌

Lo⁴ wu⁴

羅湖

Zung¹ gong¹ xing⁴

中港城

Gong² ju¹ ou³ dai⁶ kiu⁴

港珠澳大橋

Log⁶ ma⁵ zeo¹

落馬洲

Sêng⁵ sêu²

上水

選擇問句「定係」

···ding⁶ hei⁶···

······定係······

······還是······

hêu³ Lo⁴ wu⁴ding⁶ hei⁶ hêu³ Log⁶ ma⁵ zeo¹?

去羅湖定係去落馬洲?

去羅湖還是去落馬洲?

dab³ cé¹ ding⁶ hei⁶ dab³ xun⁴?

搭車定係搭船?

坐車還是坐船?

★ 練習時間

❶ 想查問到廣州的直通車停哪幾個站,該怎麼說?

❷ 把這句話用粵語說出來:**去機場的巴士多長時間有
一班?**

❷ 去機場嘅巴士幾耐有一班車?

答案: ❶ 唔該請問上,去廣州嘅直通車要停幾個站?

17 酒店住宿

★ 重要句型

1. Ni¹ dou⁶ gé³ fong⁴ gan¹ yed¹ man⁵ géi² do¹ qin²?
   呢 度 嘅 房 間 一 晚 幾 多 錢？

   這裏的房間一晚多少錢？

2. M⁴ hou² yi³ xi³, ni¹ go³ yud⁶ ngo⁵ déi⁶ qun⁴ bou⁶ hag³ mun⁵ lag³.
   唔 好 意 思，呢 個 月 我 哋 全 部 客 滿 嘞。

   很抱歉，這個月的房間全訂滿了。

3. Céng² men⁶ yeo⁵ mou⁵ sêng¹ yen⁴ cong⁴ gé³ fong⁴ gan¹?
   請 問 有 冇 雙 人 床 嘅 房 間？

   請問有沒有雙人床的房間？

4. Néi⁶ déi⁶ sêng² géi² xi⁴ têu³ fong²?
   你 哋 想 幾 時 退 房？

   你們想哪天退房？

⑤ Fa¹ sa² ge³ yid⁶ sêu² m⁴ geo³ yid⁶, ma⁴ fan⁴ néi⁵ déi⁶ lei⁴ tei² ha⁵.
花 灑 嘅 熱 水 唔 夠 熱，麻 煩 你 哋 嚟 睇 下。

蓮蓬頭的熱水不夠熱，麻煩你們來看看。

⑥ M⁴ goi¹ béi² do¹ yed¹ go³ zem² teo⁴ ngo⁵ déi⁶.
唔 該 畀 多 一 個 枕 頭 我 哋。

請多給我們一個枕頭。

★ 日常會話

Ⓐ Ni¹ gan¹ zeo² dim³ ken⁵ m⁴ ken⁵ xi⁵ kêu¹?
呢 間 酒 店 近 唔 近 市 區？

這家酒店離市區近不近？

Hei² Tung⁴ lo⁴ wan¹, xi⁵ zung¹ sem¹, hêu³ bin¹ dou⁶ dou¹ hou²
喺 銅 鑼 灣，市 中 心，去 邊 度 都 好

fong¹ bin⁶.
方 便。

在銅鑼灣，市中心，到哪兒都方便。

Ⓑ Ngo⁵ yi⁵ ging¹ bug¹ zo² fong² ga³ lag³.
我 已 經 Book 咗 房 㗎 喇。

我已經訂好房間了。

Ma⁴ fan⁴ néi⁵ béi² go³ déng⁶ dan¹ hou⁶ ma⁵ ngo⁵.
麻 煩 你 畀 個 訂 單 號 碼 我。

請問你的訂單號碼是多少？

C

M⁴ goi¹, ngo⁵ sêng² géi³ qun⁴ ni¹ lêng⁵ gin⁶ heng⁴ léi⁵. Zung⁶
唔 該，我 想 寄 存 呢 兩 件 行 李。仲

sêng² ma⁴ fan⁴ néi⁵ bong¹ngo⁵ déi⁶ giu³ bou⁶ dig¹ xi².
想 麻 煩 你 幫 我 哋 叫 部 的 士。

麻煩你我想保管這兩件行李。還想請你幫忙叫部的士。

Hou². Céng² guo³ lei⁴ ni¹ bin⁶ a¹.
好，請 過 嚟 呢 便 吖。

好。請到這邊來。

巧記詞彙

sêng¹ yen⁴ fong²
雙人房

ben¹ gun²
賓館

zeo² dim³
酒店

dan¹ yen⁴ fong²
單人房

● 「鎖匙」即「鑰匙」，或稱「（電子）門卡」。
● 「房」在詞語最後或單用時讀 fong²。

fong⁴ gan¹ so² xi⁴
房間鎖匙

bao¹ zou² can¹
包早餐

酒店設備

mou⁴ gen¹
毛巾
毛巾

jin¹ / mou⁴ jin¹
氈 / 毛氈
毯子

fung¹ tung²
風筒
吹風器

cung¹ lêng⁴ fong² / yug⁶ sed¹
沖涼房 / 浴室
浴室

lang⁵ héi³
冷氣
空調

zem² teo⁴
枕頭
枕頭

sêng⁵ mong⁵
上網
上網

géi² do¹
幾多
多少

géi² do¹ yen⁴
幾多人
多少人

géi² (do¹) leo²
幾（多）樓
幾樓 / 哪層

géi² xi⁴
幾時
什麼時候

géi² (do¹) qin²
幾（多）錢
多少錢

(yeo⁵) géi² guei³
（有）幾貴
（有）多貴

géi² noi⁶
幾耐
多久

géi² dim²
幾點
幾點

★ **練習時間**

❶ 想查問在酒店上網的方法，該怎麼說？

❷ 把這句話用粵語說出來：**請問我們訂的房間附早餐嗎？**

❷ 請問我哋訂嘅房間係包埋早餐？

唔該，呢度有冇 wifi？呢啲點樣用？

答案：❶ 唔該問一下，呢度有上網嘅地方嗎？/ 你哋有冇提供上網嘅？/

18 銀行匯兌

重要句型

❶ Ngo⁵ sêng² wun⁶ di¹ qin², fu⁶ gen⁶ yeo⁵ mou⁵ zao² wun⁶ dim³?

　我　想　換　啲　錢，附　近　有　冇　找　換　店？

我想換點兒錢，附近有沒有兌換店？

❷ Ngen⁴ hong⁴ géi² dim² hoi¹ mun⁴ / san¹ mun⁴?

　銀　行　幾　點　開　門 / 閂　門？

銀行幾點開門 / 關門？

❸ Yed¹ man⁶ men¹ yen⁴ men⁴ bei⁶ wun⁶ géi² do¹ méi⁵ gem¹?

　一　萬　蚊　人　民　幣　換　幾　多　美　金？

一萬人民幣可以換多少美元？

❹ Ni¹ zêng¹ kad¹ yed¹ yed⁶ zêu³ do¹ tei⁴ géi² do¹ gong² bei⁶?

　呢　張　咭　一　日　最　多　提　幾　多　港　幣？

這張卡一天最多能提取多少港幣？

❺ Wui⁶ fun² gé³ seo² zug⁶ fei³ hei⁶ géi² do¹?

　匯　款　嘅　手　續　費　係　幾　多？

匯款的手續費是多少？

❻ M⁴ goi¹ lêng⁵ man⁶ men¹ yiu³ yed¹ qin¹ men¹ ji², kéi⁴ ta¹ yiu³

唐　該　兩　萬　蚊　要　一　千　蚊紙，其他要

yed¹ bag³ men¹.

一　百　蚊。

麻煩你兩萬換一千元的鈔票，其他要一百的。

★ 日常會話

A

Bin¹ dou⁶ ho² yi⁵ cêng³ qin² né¹?

邊　度　可　以　暢　錢　呢？

哪裏可以換錢呢？

Yed¹ hei⁶ hêu³ ngen⁴ hong⁴, yed¹ hei⁶ hêu³ zeo² wun⁶ dim³.

一　係　去　銀　行，一　係　去　找　換　店。

要麼去銀行，要麼去兌換店。

B

Ngo⁵ sêng² wui⁶ fun², hêu³ bin¹ go³ cêng¹ heo² / guei⁶ toi²

我　想　匯　款，去　邊　個　窗　口 / 櫃　枱

ji³ ngam¹?

至　啱？

我想匯款，該去哪個窗口／櫃枱才對呢？

Céng² guo³ lei⁴ ni¹ bin⁶ a¹.

請　過　嚟　呢　便　吖。

請過來這邊。

Gem¹ yed⁶ gé³ wui⁶ lêd² hei⁶ géi² do¹?
今 日 嘅 匯 率 係 幾 多？

今天的匯率是多少？

Ⓒ

Ngen⁴ hong⁴ wui⁶ fun² yed¹ yed⁶ ho² m⁴ ho² yi⁵ wui⁶ dou³?
銀 行 匯 款 一 日 可 唔 可 以 匯 到？

銀行匯款一天可不可以收到？

Yiu³ tei² ha⁵ néi⁵ wui⁶ hêu³ bin¹ dou⁶.
要 睇 下 你 匯 去 邊 度。

要看看你匯到哪裏。

巧記詞彙

dêu³ wun⁶

兌換

兌換

● 「暢錢」的「暢」是英語 change 的音譯。

cêng³ qin² / wun⁶ qin²

暢錢 / 換錢

換錢

wui⁶ fun²

匯款

匯款

zeo² wun⁶ dim³

找換店

兌換店

ca¹ ga³

差價

差價

mai⁶ cêd¹ / mai⁵ yeb⁶

賣出 / 買入

賣出 / 買入

wui⁶ lêd²

匯率

匯率

san² ji²

散紙

零錢

han⁶ ngag²

限額

限額

● 可指硬幣或面額小的鈔票，面額大的叫「大紙」。

tei⁴ fun² géi¹ / guei⁶ yun⁴ géi¹

提款機 / 櫃員機

提款機

yed¹ bag³ men¹ ji²

一百蚊紙

一百元鈔票

ji¹ fu⁶ bou²

支付寶

支付寶

ngen⁴ lün⁴

銀聯

銀聯

méi⁴ sên³

微信

微信

各地貨幣

Gong² bei⁶ / Gong² ji²
港幣 / 港紙

Yed⁶ yun⁴
日元

Méi⁵ yun⁴
美元

Yen⁴ men⁴ bei⁶
人民幣

Ying¹ bong²
英鎊

Eo¹ yun⁴
歐元

Toi⁴ bei⁶
台幣

選擇句

yed¹ hei⁶
一係……（一係）
要麼……（要麼）

yed¹ hei⁶ wun⁶ do¹ yed¹ qin¹ men¹ la¹.
一係換多一千蚊啦。
要不多換一千塊吧。

yed¹ hei⁶ dam¹ zé¹, yed¹ hei⁶ dai³ mou².
一係擔遮，一係戴帽。
要麼打傘，要麼戴帽子。

❶ 在銀行櫃枱，你想把兩千塊換成一百元鈔票，該怎麼說？

❷ 等了二十分鐘車還沒來，你想提議「**要不坐的士去吧**」，這一句怎麼說？

答案：　❶ 唔該唔使兩千蚊我想唱做一百蚊嘅。
　　　　❷ 一係搭的士去啦。

19

美食商城

★ 重要句型

① Bin¹ dou⁶ di¹ yé⁶ yeo⁶ pêng⁴ yeo⁶ hou² xig⁶?

邊 度 啲 嘢 又 平 又 好 食?

哪裏的東西又便宜又好吃?

② Ngo⁵ sêng² xig⁶ qun⁴ tung² gé³ Guong² dung¹ dim² sem¹.

我 想 食 傳 統 嘅 廣 東 點 心。

我想吃傳統的廣東點心。

③ Tim⁴ ben² yeo⁵ med¹ yé⁶ hou² gai³ xiu⁶ a³?

甜 品 有 乜 嘢 好 介 紹 呀?

甜品有什麼好吃的介紹一下。

④ Yem² ca⁴ yiu³ zou² di¹ hêu³ lo² wei², m⁴ hei⁶ zeo⁶ yiu³ dab³ toi² ga³ la³.

飲 茶 要 早 啲 去 攞位，唔 係 就 要 搭 枱 㗎 喇。

飲茶要早點兒去佔位子，不然就要拼桌了。

❺ Ngo⁵ yiu³ ni¹ go³ tou³ can¹, gen¹ lo⁴ sung³ tong¹, dung³ ning² ca⁴
　我　要　呢個　套　餐，跟　羅　宋　湯、凍　檸　茶

xiu² bing¹.
少　冰。

我要這個套餐，配羅宋湯、冰檸檬茶少加點冰。

❻ Ni¹ dou⁶ di¹ yé⁵ hou² dei² xig⁶, lin⁴ mai⁴ tib¹ xi², yed¹ yen⁴ xin¹
　呢　度　啲嘢　好　抵食，連　埋　貼　士，一　人　先

ji³ bag³ ng⁵ men¹.
至　百　五　蚊。

這裏吃東西很划得來，連小費，每人才一百五。

★ 日常會話

Gem¹ man⁵ hêu³ xig⁶ gai¹ xig⁶ fan⁶ hou² m⁴ hou²?
今　晚　去　食　街　食　飯　好　唔　好？

今晚去食街吃飯好不好？

Zan³ xing⁴, go² dou⁶ yeo⁵ zeo² leo⁴, can¹ téng¹, tim⁴ ben² dim³...,
贊　成，嗰　度　有　酒　樓、餐　廳、甜　品　店……，

hou² do¹ xun² zag⁶.
好　多　選　擇。

贊成，那裏有酒樓、餐廳、甜品店……，

很多選擇。

B

Géi² wei² sêng² xig⁶ di¹ med¹ yé⁵?
幾 位 想 食 啲 乜 嘢 ？

幾位想吃什麼？

Yiu³ yed¹ wun² péi⁴ dan² seo³ yug⁶ zug¹, pui³ cêng² fen².
要 一 碗 皮 蛋 瘦 肉 粥 ，配 腸 粉 。

Yiu³ do¹ yed¹ fen⁶ sei¹ xig¹ gé³.
要 多 一 份 西 式 嘅 。

要一碗皮蛋瘦肉粥，配腸粉。

多要一份西式的。

Ni¹ go³ can¹ la¹, yeo⁵ do¹ xi², jin¹ dan² tung⁴ yin¹ yug⁶,
呢 個 餐 啦 ，有 多 士 、煎 蛋 同 煙 肉 ，

hou² fung¹ fu³ ga³.
好 豐 富 㗎 。

這個餐吧，有烤麵包、煎雞蛋和培根，很豐富的。

Ngo⁵ déi⁶ dim² zo² go³ zab⁶ coi³ bou¹ zung⁶ méi⁶ lei⁴, m⁴ goi¹
我 哋 點 咗個 雜 菜 煲 仲 未 嚟，唔 該

zêu¹ yed¹ zêu¹.
追 一 追。

我們點了個雜菜煲還沒上，麻煩你看一下。

Ngo⁵ bong¹ néi⁵ tei² tei².
我 幫 你 睇睇。

我去看看。

M⁴ goi¹ béi² dib⁶ lad⁶ jiu¹ yeo⁴ ngo⁵ déi⁶ tim¹ a¹.
唔 該 畀 碟 辣 椒 油 我 哋 噃吖。

麻煩你給我們一碟辣椒油。

巧記詞彙

$ha^6 ng^5 ca^4$ **下午茶** 下午茶

$xiu^1 yé^2$ **宵夜** 夜宵

$zeo^2 bing^1$ **走冰** 不加冰

- 「走」可以用於「走甜，走油」等。
- 也可改「走」為「少」。

$ngoi^6 mai^6$ **外賣** 外帶

$dab^3 toi^2$ **搭枱** 拼桌

$ga^1 yed^1$ **加一** 10% 服務費

$tib^1 xi^2$ **貼士** 小費

$déng^6 toi^2$ **訂枱** 訂位

$dung^3 ning^2 ca^4$ **凍檸茶** 冰檸檬茶

- 又説「攞位、book 位」。
- 加冰的飲料都用「凍xx」表示，「凍飲」一般會加收費用。

美食和食肆類別

ca⁴ can¹ téng¹

茶餐廳

茶餐廳

Yed⁶ bun² seo⁶ xi¹

日本壽司

日本壽司

tid³ ban² xiu¹

鐵板燒

鐵板燒

fong³ tei⁴

放題

任點

Qiu⁴ zeo¹ da² lang¹

潮州打冷

潮州冷盤熟食

fo² wo¹ / da² bin¹ lou⁴

火鍋 / 打邊爐

火鍋

dai⁶ pai⁴ dong³

大牌檔

大排檔

lêng⁴ ca⁴

涼茶

清涼茶

tong⁴ sêu²

糖水

甜品

ji⁶ zo⁶ can¹ / pou⁶ féi¹

自助餐 / 布菲（buffet）

自助餐

yu⁴ dan²

魚蛋

bo¹ lo⁴ bao¹

菠蘿包

dan⁶ tad¹

蛋撻

ngao⁴ zab⁶

牛雜

gei⁶ lim¹ tong¹

忌廉湯

ce¹ zei² min⁶

車仔麵

hoi² xin¹

海鮮

gei¹ dan⁶ zei²

雞蛋仔

nai⁵ ca⁴

奶茶

xiu¹ méi²

燒味

bou¹ zei² fan⁶

煲仔飯

❶ 顧客點了飲品，店員通常會追問一句，你知道是什麼嗎？

❷ 你想打電話「訂位，今晚吃自助餐，8個人」，你該怎麼說？

★ 重要句型

❶ Gong² dou² yeo⁵ Tai³ ping⁴ san¹, Geo² lung⁴ yeo⁵ Xi¹ ji² san¹.

港 島 有 太 平 山，九 龍 有 獅 子 山。

港島有太平山，九龍有獅子山。

❷ Hoi² yêng⁴ gung¹ yun² tung⁴ Dig⁶ xi⁶ néi⁴ hei⁶ bid¹ hêu³ gé³.

海 洋 公 園 同 迪 士 尼 係 必 去 嘅。

海洋公園和迪士尼是必去的。

❸ Qin² sêu² wan¹ sêu² qing¹ sa¹ yeo³, hei⁶ zêu³ seo⁶ fun¹ ying⁴ gé³

淺 水 灣 水 清 沙 幼，係 最 受 歡 迎 嘅

hoi² tan¹.

海 灘。

淺水灣水清沙幼，是最受歡迎的海灘。

❹ Hêng¹ gong² gog³ kêu¹ dou¹ yeo⁵ men⁴ mad⁶ ging³, yeo⁵
香　港　各　區　都　有　文　物　徑，有

hou² do¹ lig⁶ xi² gin³ zug¹.
好　多　歷　史　建　築。

香港各區都有文物徑，有很多歷史建築。

❺ Cêng⁴ zeo¹ gé³ cêng² bao¹ san¹ hei⁶ mui⁵ nin⁴ yed¹ dou⁶ gé³
長　洲　嘅　搶　包　山　係　每　年　一　度　嘅

xing⁶ wui⁶.
盛　會。

長洲的搶包山是每年一度的盛會。

❻ Hang⁴ Miu⁶ gai¹ yé⁶ xi⁶, ho² yi⁶ tei² yim⁶ ha⁵ ping⁴ men⁴ gé³
行　廟　街　夜市，可以　體　驗　下　平　民　嘅

seng¹ wud⁶ men⁴ fa³.
生　活　文　化。

逛廟街夜市，可以體驗一下平民的生活文化。

★ 日常會話

Sêng² tei² Hêng¹ gong² yé⁶ ging² zêu³ hou² hei⁶ sêng⁵ Tai³ ping⁴
想　睇　香　港　夜景　最　好　係　上　太　平

san¹ déng².
山　頂。

想看香港夜景最好是上太平山頂。

Wei⁴ gong² lêng⁵ ngon⁶ gé³ deng¹ guong¹ dou² ying², zen¹ hei⁶
維 港 兩 岸 嘅 燈 光 倒 影，真 係

léng³ dou³ jud⁶.
靚 到 絕。

維港兩岸的燈光倒影，真是美極了。

Tin¹ méi⁶ hag¹ ho² yi⁶ hang⁴ ha⁵ bou⁶ hang⁴ ging³, bin¹ hang⁴
未 天 黑 可 以 行 下 步 行 徑，邊 行

bin¹ tei² fung¹ ging².
邊 睇 風 景。

天黑前可以在步行徑走走，邊走邊看風景。

Hêu³ Jim¹ sa¹ zêu², geo³ mad⁶ yeo⁶ dag¹, hêu³ hoi² ben¹ gung¹ yun²
去 尖 沙 咀，購 物 又 得，去 海 濱 公 園

san³ bou⁶ yeo⁶ deg¹.
散 步 又 得。

去尖沙咀，購物又行，到海濱公園散散步也行。

Zung⁶ ho² yi⁶ cam¹ gun¹ guo³ bag³ nin⁴ lig⁶ xi² gé³ fo² cé¹ zam⁶
仲 可 以 參 觀 過 百 年 歷 史 嘅 火 車 站

zung¹ leo⁴.
鐘 樓。

還可以參觀過百年歷史的火車站鐘樓。

Néi⁵ déi⁶ yeo⁵ mou⁵ hêu³ tei² Tin¹ tan⁴ dai⁶ fed⁶?

你 哋 有 冇 去 睇 天 壇 大 佛？

你們去看天壇大佛了嗎？

Yeo⁵, ngo⁵ déi⁶ co⁵ diu³ cé¹, tei² sai³ Dai⁶ yu⁴ san¹ yed¹ dai³

有，我 哋 坐 吊 車，睇 晒 大 嶼 山 一 帶

gé³ ging² xig¹.

嘅 景 色。

看了，我們坐纜車，大嶼山一帶的景色一覽無遺。

Gem¹ ji² ging¹ guong² cêng⁴
金紫荊廣場

Wong⁴ dai⁶ xin¹ qi⁴
黃大仙祠

Cêg³ qu⁵
赤柱

Seb¹ déi⁶ gung¹ yun²
濕地公園

Sen¹ gai³ wei⁴ qun¹
新界圍村

●賽馬原是上流社會傳統的社交活動，現在也成為了平民大眾生活的一部分。

Pao² ma⁵ déi²/ Sa¹ tin⁴ ma⁵ cêng⁴
跑馬地 / 沙田馬場

Miu⁶ gai¹
廟街

Dai⁶ gun²
大館

Xing¹ guong¹ dai⁶ dou⁶
星光大道

主要地鐵路線

Dung¹ tid³ xin³
東鐵線
（往羅湖）

Sei¹ tid³ xin³
西鐵線
（往屯門）

Géi¹cêng⁴ fai³ xin³
機場快線
（中環往機場）

Gong² dou² xin³
港島線
（香港島）

Geo² lung⁴ tong⁴
九龍塘
（市區中轉站）

Gun¹ tong⁴
觀塘
（九龍東）

Qun⁴ wan¹ xin³
荃灣線
（九龍西）

 練習時間

❶ 說出香港幾個主要景點的名稱。

❷ 把這句話用粵語說出來：**想看維港的景色，到山頂
看也行，參加海上遊也行。**

答案： ❶ 太平山頂、海洋公園、尖沙咀鐘樓、香港迪士尼樂園、
黃大仙廟、大嶼山大佛、淺水灣……

❷ 想睇維港嘅景色，去山頂睇又得，參加海上遊又得。

單元四

都市文化

21

買飛睇騷

★ 重要句型

❶ Ngo⁵ sêng² tei³ ni¹ go³ sou¹,　　　　néi⁵ mai⁵ m⁴ mai⁵ dou² féi¹?
　我　想　睇　呢個 show（騷），你 買 唔 買 到 飛？

我想看這個表演，你能買到票嗎？

❷ Zêu³ guei³ gé³ féi¹ géi² do¹ qin²?
　最　貴　嘅　飛　幾 多　錢？

最貴的票多少錢？

❸ Céng² men⁶ séi³ seb⁶ lug⁶ dün⁶ ge³ wei² hai² bin¹ go³ yeb⁶ heo² yeb⁶?
　請　問　46　段嘅位喺邊個入口入？

請問 46 段座位從哪個入口進場？

❹ Yin² céng³ wui² yeb¹ bun¹ géi² dim² yun⁴ cêng⁴?
　演　唱　會　一　般　幾 點 完　場？

演唱會一般幾點結束？

❺ Tei⁴ yun⁴ dong¹ man⁵ zeo⁶ dab³ cé¹ fan¹ Sem¹ zen³.

　睇　完　當　晚　就　搭車　返　深　圳。

看完當晚就坐車回深圳。

❻ Hung⁴ gun² co⁵ lêng⁵ man⁶ yen⁴, zêu³ yun⁵ gé³ wei² giu³　san¹

　紅　　館　坐　兩　　萬　人，最　遠　嘅　位　叫「山

déng² wei².

頂」位。

紅館坐兩萬人，最遠的位置叫「山頂」。

 日常會話

Sêng⁵ go³ yud⁶ Cen⁴ yig⁶ sên³ yin² cêng³ wui² néi⁵ yeo⁵ mou⁵

上　個　月　陳　奕　迅　演　唱　會　你　有　冇

lei⁴ Hêng¹ gong² tei⁴?

嚟　香　　港　睇？

上個月陳奕迅演唱會你來香港看了嗎？

Yeo⁵, ngo⁵ ping⁴ guen¹ lêng⁵ go³ yud⁶ zeo⁶ lei⁴ tei² yed¹ qi³ sou¹.

有，我　平　均　兩　個　月　就　嚟睇　一　次 show。

來了，我平均兩個月就來看一次表演。

Dab³ fo² cé¹ log⁶ lei⁴ hou² fong¹ bin⁶, cé¹ zam⁶ gag³ léi⁴ zeo⁶

搭　火　車　落　嚟　好　方　便，車　站　隔　離　就

hei⁶ Hung⁴ gun².

係　紅　　館。

坐火車下來很方便，車站旁邊就是紅館。

B

Gou³ bid⁶ yin² cêng³ wui² yed¹ ding⁶ yiu³ tei² méi⁵ cêng⁴.

告 別 演 唱 會 一 定 要 睇 尾 場。

告別演唱會一定要看最後那場。

Méi⁵ cêng⁴ féi¹ hou² cêng² seo², gan² m⁴ dou² hou² wei².

尾 場 飛 好 搶 手，揀 唔 到 好 位。

最後那場票搶手，買不到好的位置。

C

Wong⁴ ji² wa⁴ dung⁶ dug¹ xiu² di¹ féi¹ hou² nan⁴ mai⁵.

黃 子 華 棟 篤 笑 嘅 飛 好 難 買。

黃子華脫口秀的票很難買。

Kêu⁵ hei² Hêng¹ gong² tung⁴ noi⁶ déi⁶ dou¹ yeo⁵ hou² do¹ fen² xi¹.

佢 喺 香 港 同 內 地 都 有 好 多 粉 絲。

他在香港和內地都有很多粉絲。

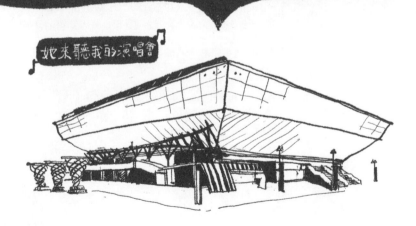

116

巧記詞彙

yin² cêng³ wui²
演唱會
演唱會

yeo¹ xin¹ déng⁶ piu³
優先訂票
優先訂票

dung⁶ dug¹ xiu²
棟篤笑
單口相聲

gan² wei²
揀位
選位置

léng³ wei²
靚位
好位置

ngag¹ seo² wei²
握手位
前排位置

●「飛」即「票（fare）」。「撲飛」是想辦法找票的意思。

mai⁵ féi¹ / pog³ féi¹
買飛 / 撲飛
買票

sam¹ min⁶ toi⁴
三面台
三面座位

●紅館是體育場館的設計，四面都是座位，但有時會在其中一面設置舞台，這種設計稱三面台。

fen² xi¹ / fén¹ xi²
粉絲 /fans
粉絲

Hêng¹ gong² men⁴ fa³ zung¹ sem¹
香港文化中心

Yi¹ léi⁶ sa¹ bag⁶ tei² yug⁶ gun²
伊利沙伯體育館
（伊館）

Hêng¹ gong² dai⁶ wui⁶ tong⁴
香港大會堂

Hêng¹ gong² tei² yug⁶ gun² / Hung⁴ gun²
香港體育館 / 紅館

★　練習時間

❶ 進場後，想請工作人員幫忙帶位，該怎麼說？

❷ 把這句話用粵語說出來：**演唱會結束，就坐地鐵換**
巴士經皇崗回深圳。

❷ 演唱會完咗，就坐地鐵轉巴士經皇崗返深圳。
答案： ❶ 唔該，呢個位喺邊度㗎？

118

★ **重要句型**

❶ Hêng¹ gong² yeo⁵ bin¹ di¹ hou² tei² gé³ din⁶ ying² tung⁴ din⁵ xi⁶ kég⁶?
　香　港　有　邊　啲　好　睇　嘅　電　影　同　電　視　劇？

香港有哪些好看的電影跟電視劇？

❷ Hou² do¹ gong² jig¹ cêng⁴ tung⁴ zeng¹ can² gé³ gong² kég⁶ dou¹
　好　多　講　職　場　同　爭　產　嘅　港　劇　都
fung¹ mo¹ noi⁵ déi⁶.
瘋　魔　內　地。

很多講職場和爭產的港劇都風靡內地。

❸ Sêng² tei² xiu³ pin² yed¹ ding⁶ tei² Zeo¹ xing¹ qi⁴.
　想　睇　笑　片　一　定　睇　周　星　馳。

想看喜劇片一定看周星馳。

❹ Ging¹ din² kég⁶ dai⁶ xi⁴ doi⁶　gé³ Ding¹ hai⁵ yen⁴ yen⁴ dou¹ xig¹.
　經　典　劇「大　時　代」嘅　丁　蟹　人　人　都　識。

經典劇「大時代」的丁蟹人人皆知。

❺ Gem¹ nin⁴ bin¹ go³ lo² ying² dei³ tung⁴ ying² heo⁶?

今　年　邊　個　攞　影　帝　同　影　后？

今年誰拿下了影帝和影后？

❻ Cen⁴ ho² sen¹ gé³ héi³, hou² do¹ dou¹ wui⁴ méi⁶ sem¹ yun⁵.

陳　可　辛　嘅　戲，好　多　都　回　味　深　遠。

陳可辛的電影，很多都回味無窮。

★ 日常會話

A

Sêng² tei² fan¹ cêng⁴ din⁶ ying², néi⁵ yeo⁵ med¹ hou² gai³ xiu⁶?

想　睇　番　場　電　影，你　有　乜　好　介　紹？

想看場電影，你有什麼好推薦？

Yen¹ ji² dan¹ zou⁶ gé³ mou⁵ da² pin², sed⁶ ngam¹ néi⁵ heo⁴ méi⁶.

甄　子　丹　做　嘅　武　打　片，實　啱　你　口　味。

甄子丹演的武打片，準合你的口味。

B

A³ féi¹ jing³ jun²　zêu³ gen⁶ cung⁴ ying² wo³.

《阿　飛　正　傳》最　近　重　映　喎。

《阿飛正傳》最近重映啊。

Wong⁴ ga¹ wei⁶ gé³ héi³,　tei² do¹ géi² qi³ dou¹ jig⁶ deg¹.

王　家　衛　嘅　戲，睇　幾　多　次　都　值　得。

王家衛的電影，值得一看再看。

Zêng¹ guog³ wing⁴ tung⁴ Lêng⁴ qiu⁴ wei⁵ gé³ yin² cêd¹, geo³ sai³
張 國 榮 同 梁 朝 偉 嘅 演 出，夠 晒

ging¹ din².
經 典。

張國榮和梁朝偉的演出，真夠經典的。

 C

Néi⁵ yeo⁶ bou¹ keg⁶ ? Ni¹ tou³ Sé⁴ xi¹ man⁶ zou⁶ gé³ hei⁶ med¹ yé⁵?
你 又 煲 劇？呢 套 佘 詩 曼 做 嘅 係 乜 嘢？

你又在狂追電視劇啊？這部劇佘詩曼演的是什麼？

Gong² ging² dêu² ngo⁶ dei² géi¹ med⁶, hou² gen² zêng¹.
講 警 隊 臥 底 機 密，好 緊 張。

講警察臥底的機密事件，很緊張刺激。

巧記詞彙

bao³ mun⁵
爆滿
滿座

héi³ yun²
戲院
電影院

ka¹ xi²
卡士（cast）
演員陣容

din⁶ xi⁶ keg⁶ zab⁶
電視劇集
電視劇

dai⁶ gid³ gug⁶
大結局
結局／最後一集

din⁶ ying² gem¹ zêng⁶ zêng²
電影金像獎

● 一般指 10:00 前和午夜 12:00 的電影場次。

zou² cêng⁴／ng⁵ yé⁶ cêng⁴
早場／午夜場

din⁶ nou⁵ seo⁶ piu³ mong⁵
電腦售票網

電影種類

gong² can² pin²
港產片

heb⁶ pag³ pin²
合拍片

sei¹ pin²
西片

ging² féi² pin²
警匪片

hung² bou³ pin²
恐怖片

men⁴ ngei⁶ pin²
文藝片

fo¹ wan⁶ pin²
科幻片

zoi¹ nan⁶ pin²
災難片

heb⁶ ga¹ fun¹ pin²
合家歡片

ka¹ tung¹ pin²
卡通片

❶ 別人問你喜歡哪些電影類型，你怎麼說？

❷ 把這句話用粵語說出來：**我追看電視劇不到最後一集不能停下來。**

23

勁歌金曲

 重要句型

❶ Nei⁵ zung¹ m⁴ zung¹ yi³ téng¹ Hêng¹ gong² yud⁶ yu⁵ go¹?
   你　鍾　唔　鍾　意　聽　香　港　粵　語　歌？

你喜歡聽香港粵語歌嗎？

❷ Ngo⁵ zêu³ zou² xig¹ cêng³ gé³ hei⁶ din⁶ xi⁶ kég⁶ ju² tei⁴ kug¹ Sêng⁶
   我　最　早　識　唱　嘅　係　電　視　劇　主　題　曲《上
   hoi² tan¹.
   海　灘》。

我最早會唱的是電視劇主題曲《上海灘》。

❸ Bad³ seb⁶ nin⁴ doi⁶ hei⁶ Hêng¹ gong² ngog⁶ tan⁴ gé³ qun⁴ xing⁶
   　 80　年　代　係　香　港　樂　壇　嘅　全　盛
   xi⁴ kéi⁴.
   時　期。

80 年代是香港樂壇的全盛時期。

❹ Ging¹ din² gé³ yud⁶ yu⁵ gem¹ kug¹ bag³ ting³ bed¹ yim³.

經 典 嘅 粵 語 金 曲 百 聽 不 厭。

經典的粵語金曲百聽不厭。

❺ Lei⁴ ming⁴ cêng³ gog³ yu⁵ go¹ tung⁵ yud⁶ yu⁵ go¹ dou¹ gem³

黎 明 唱 國 語 歌 同 粵 語 歌 都 咁

hou² téng¹.

好 聽。

黎明唱國語歌跟粵語歌一樣好聽。

❻ Ni¹ zég³ go¹ hei⁶ Wong⁴ jim¹ tin⁴ qi⁴ gé³, hou² yeo⁵ wen⁵ méi⁶.

呢 隻 歌 係 黃 霑 填 詞 嘅，好 有 韻 味。

這首歌是黃霑填詞的，很有韻味。

★ 日常會話

Ngo⁵ zêu³ zung¹ yi³ gé³ nêu⁵ go¹ xing¹ hei⁵ Wong⁴ féi¹.

我 最 鍾 意 嘅 女 歌 星 係 王 菲。

我最喜歡的女歌星是王菲。

Ngo⁵ zung¹ yi³ beyond gé³ go¹, Wong⁴ ga¹ kêu¹ hei⁶ ngo⁵ gé³

我 鍾 意 Beyond 嘅 歌，黃 家 駒 係 我 嘅

ngeo⁵ zêng⁶.

偶 像。

我喜歡 Beyond 的歌，黃家駒是我的偶像。

B

Di¹ sen¹ seo³ go¹ seo³ dou¹ hou² yeo⁵ sed⁶ lig⁶ wo³.

啲 新 秀 歌 手 都 好 有 實 力 喎。

那些新秀歌手都很有實力。

Mui⁴ yim⁶ fong¹ dou¹ hei⁶ sen¹ seo³ béi² coi³ zou⁶ zeo⁶ gé³

梅 艷 芳 都 係 新 秀 比 賽 造 就 嘅

gêu⁶ xing¹.

巨 星。

梅艷芳也是新秀比賽造就的巨星。

Cen⁴ yig⁶ sên³ tung⁴ Yêng⁴ qin¹ wa⁴ dou¹ hei⁶.

陳 奕 迅 同 楊 千 嬅 都 係。

陳奕迅和楊千嬅也是。

C

Léi⁵ heg¹ ken⁴ gé³ Yud⁶ bun³ xiu² yé⁶ kug¹ sed⁶ zoi⁶ tai³ hou² téng¹.

李 克 勤 嘅《月 半 小 夜 曲》實 在 太 好 聽。

李克勤的《月半小夜曲》實在太好聽。

So² yi⁵ béi² hou² do¹ go¹ seo² fan¹ cêng³, yung⁶ m⁴ tung⁴ gé³

所 以 畀 好 多 歌 手 翻 唱，用 唔 同 嘅

fong¹ xig¹ zoi³ yin² yig⁶.

方 式 再 演 繹。

所以被很多歌手選唱，用不同方式再演繹。

巧記詞彙

guog³ yu⁵ go¹
國語歌

● 1970 年代開始的
粵語流行音樂。又
稱粵語歌或廣東歌。

yud⁶ yu⁵ leo⁴ heng⁴ kug¹
粵語流行曲

wai⁴ geo⁶ gem¹ kug¹
懷舊金曲

leo⁴ heng⁴ bong²
流行榜

zêu³ sen¹ jun¹ ceb¹
最新專輯

dai⁶ yid⁶ go¹ kug¹
大熱歌曲

tin⁴ qi⁴ yen⁴
填詞人

cêng³ zog³ go¹ seo²
唱作歌手

● 兼演唱和創作兩
重身份的歌手。

ging⁶ go¹
勁歌

tin¹ wong⁴ tin¹ heo⁶
天王天后

比較句

tung⁴... yed¹ yêng⁶ gem³/ mou⁶... gem³

同⋯⋯一樣咁 / 冇⋯⋯咁

跟⋯⋯一樣 / 沒⋯⋯那麼

cêng³ go¹ tung⁴ tiu³ mou³ yed¹ yêng⁶ gem³ zung¹ yi³

唱歌同跳舞一樣咁鍾意

唱歌跟跳舞一樣喜歡

zog³ men² mou⁵ zog³ kug¹ gem³ nan⁴

作文冇作曲咁難

作文沒有作曲那麼難

★ 練習時間

❶ 試說出兩個粵語歌手（和歌曲）的名字？

❷ 把這句話用粵語說出來：**這張專輯每首歌我都喜歡。**

答案： ❶ 張國榮《風繼續吹》、張學友《李香蘭》、譚詠麟《非走
不可》、李克勤《月半小夜曲》、林憶蓮《至少還有你》、林
憶蓮《為你我受冷風吹》、陳奕迅《單車》、容祖兒《我的
驕傲》、陳慧琳《士多啤梨蘋果橙》、王菲之《容易受傷
的女人》……

❷ 呢張專輯每首歌我都鍾意。

★ 重要句型

❶ Ngo⁵ déi⁵ ting¹ yed⁶ hêu³ hang⁴ san¹ hou² m⁴ hou²?

我 哋 聽 日 去 行 山 好 唔 好?

我們明天去行山好不好?

❷ Hêng¹ gong² san¹ do¹, yeo⁵ hou² do¹ hang⁴ san¹ ging³.

香 港 山 多,有 好 多 行 山 徑。

香港山多,有好多行山徑。

❸ Cung⁴ Gong² dou² san¹ déng² dou³ léi⁴ dou² Dung¹ cung¹ dou¹ yeo⁵.

從 港 島 山 頂 到 離 島 東 涌 都 有。

從港島山頂到離島東涌都有。

❹ Co¹ go¹ ho² yi³ gan² tiu⁴ hing¹ sung¹ gé² lou⁶ xin³.

初 哥 可 以 揀 條 輕 鬆 嘅 路 線。

新手可以選條輕鬆的路線。

⑤ Nan⁴ pa⁴ gé³ san¹, zeo⁶ you³ yeo⁵ cei⁴ zong¹ béi⁶.

難 爬 嘅 山， 就 要 有 齊 裝 備。

難爬的山，就要有齊全的裝備。

⑥ Léi⁴ hoi¹ seg⁶ xi² sem¹ lem⁴, hêu³ gao¹ yé⁵ gung¹ yun² teo²

離 開 石 屎 森 林， 去 郊 野 公 園 透

ha⁵ héi·³.

下 氣。

離開水泥森林，去郊野公園透透氣。

★ 日常會話

A

Hêng¹ gong² yen⁴ hei⁶ m⁴ hei⁶ hou² zung¹ yi³ hêu³ hang⁴ san¹?

香 港 人 係 唔 係 好 鍾 意 去 爬 山?

香港人是不是很喜歡爬山?

Hei⁶. Hou² do¹ men⁴ gêu¹ fu⁶ gen⁶ zeo⁶ yeo⁵ hang⁴ san¹ ging³,

係。 好 多 民 居 附 近 就 有 行 山 徑，

ping⁴ yed⁶ hou² do¹ yen⁴ hêu³ sen⁴ wen⁶.

平 日 好 多 人 去 晨 運。

是。很多民居附近就有行山徑，平時去晨練的人很多。

B

Ngo⁵ yêg³ zo² peng⁴ yeo⁵ hêu³ Da⁶ mou⁶ san¹.

我 約 咗 朋 友 去 大 帽 山。

我約了朋友去大帽山。

Yiu³ hang⁴ séng⁴ séi³ ng⁵ go³ zung¹, dai³ mai⁴ ji¹ hang⁴ san¹
要 行 成 四 五 個 鐘，帶 埋 支 行 山

zêng⁶ hou² di¹.
杖 好 啲。

要走上四、五個小時，最好帶上登山杖。

C

Ga¹ log⁶ ging³ hei⁶ med¹ yé⁵ lei⁴ ga³?
家 樂 徑 係 乜 嘢 嚟 㗎？

什麼是家樂徑？

Jig¹ hei⁶ ngam¹ yed¹ ga¹ dai⁶ sei³ hêu³ gé³, zung⁶ yeo⁵ di¹ giu³
即 係 啱 一 家 大 細 去 嘅，仲 有 啲 叫

ji⁶ yin⁴ gao³ yug⁶ ging³. Ngo⁵ tui¹ jin³ néi⁵ hêu³ Lung⁴ zég³.
自 然 教 育 徑。我 推 薦 你 去 龍 脊。

就是一家大小都適合去的，還有的叫自然教育徑。我推薦你去
龍脊。

Dim² gai²?
點 解？

為什麼呢？

Go² dou⁶ hei⁶ A³ zeo¹ zêu³ méi⁵ xi⁵ kêu¹ gao³ yug⁶ ging³.
嗰 度 係「亞 洲 最 美 市 區 教 育 徑」。

那裏是「亞洲最美市區教育徑」。

巧記詞彙

hang⁴ san¹ ging³

行山徑

● 行山有步行運動、遠足、郊遊多種含義。
● 「客」即「者」。也有「晨運客」。

gao¹ yé⁵ gung¹ yun²

郊野公園

hang⁴ san¹ hag³

行山客

tiu¹ jin³

挑戰

nan⁴ dou⁶

難度

hang⁴ san¹ lou⁶ xin³

行山路線

yen¹ sêng² méi⁵ ging²

欣賞美景

sen⁴ wen⁶

晨運

● 晨練。多指行山運動。

cen¹ cen¹ dai⁶ ji⁶ yin⁴

親親大自然

熱門遠足地點

Tai³ ping⁴ san¹ déng²
太平山頂

Meg⁶ léi⁵ hou⁶ ging³
麥理浩徑

Dai⁶ tam⁴ sêu² tong⁴
大潭水塘

Sei¹ gung³ gu² dou⁶
西貢古道

Mong⁶ fu¹ seg⁶
望夫石

Bad³ xin¹ léng⁵
八仙嶺

Xi¹ ji² san¹
獅子山

Nam⁴ seng¹ wei⁴
南生圍

Nam⁴ a¹ dou²
南丫島

Dai⁶ yu⁴ san¹
大嶼山

❶ 跟朋友約定一個行山地點，該怎麼說？

❷ 把這句話用粵語說出來：**那條行山徑每天去晨練的人很多。**

★ **重要句型**

❶ Lan⁴ guei³ fong¹ yeo⁵ hou² do¹ zeo² ba¹ tung⁴ sei¹ can¹ téng¹.

蘭 桂 坊 有 好 多 酒 吧 同 西 餐 廳。

蘭桂坊有很多酒吧和西餐廳。

❷ Ga³ yed⁶ jun¹ béi² heng⁴ yen⁴ xi² yung⁶, m⁴ béi² cé¹ hang⁴.

假 日 專 界 行 人 使 用，唔 界 車 行。

節假日只供行人使用，禁止車輛進入。

❸ Cêu⁴ jig⁶ yed¹ cei⁴ hêu³ dou³ sou² kuong⁴ fun¹.

除 夕 一 齊 去 倒 數 狂 歡。

除夕一起去倒數狂歡。

❹ Hêu³ yun⁴ Men⁴ mou⁵ miu², zeo⁶ hêu³ fu⁶ gen⁶ gé³ Gu² dung² gai¹

去 完 文 武 廟，就 去 附 近 嘅 古 董 街

hang⁴ ha⁵.

行 下。

參觀完文武廟，就去附近的古董街走走。

❺ Dab³ din⁶ cé¹ ho² yi⁵ man⁶ man² tei² ha⁵ Hoi³ méi² gai¹ gé³ fung¹ qing⁴.
　　搭　電　車　可　以　慢　慢　睇　下　海　味　街　嘅　風　情。

搭電車可以慢慢欣賞海味街的風情。

❻ Zung¹ sei¹ kêu¹ men⁴ med⁶ ging³ géi³ lug⁶ zo² Xun¹ zung¹ san¹
　　中　西　區　文　物　徑　記　錄　咗　孫　中　山

gag³ ming⁶ zug¹ jig¹.
革　命　足　跡。

中西區文物徑記錄了孫中山革命足跡。

★ 日常會話

Ⓐ
Lan⁴ guei³ fong¹ hei² Hêng¹ gong² bin¹ yed¹ kêu¹?
蘭　桂　坊　喺　香　港　邊　一　區？

蘭桂坊在香港哪一區？

Hei² Zung¹ wan⁴, sug⁶ yu¹ zung¹ sei¹ kêu¹.
喺　中　環，屬　於　中　西　區。

在中環，屬於中西區。

Ⓑ
Zung¹ wan⁴ sêng⁵ ban¹ zug⁶ tung⁴ mai⁴ di¹ yeo⁴ hag³ dou¹
中　環　上　班　族　同　埋　啲　遊　客　都

zung¹ yi³ hêu³ Lan⁴ guei³ fong¹.
鍾　意　去　蘭　桂　坊。

中環上班族和遊客都喜歡去蘭桂坊。

Yeo⁴ kéi⁴ hei² Man⁶ xing³ jid³, di¹ yen⁴ zung¹ yi³ hêu³ go² dou⁶
尤 其 喺 萬 聖 節，啲 人 鍾 意 去 嗰 度

ban⁶ guei².
扮 鬼。

尤其是在萬聖節，人們喜歡去那裏扮鬼。

C

Ngo⁵ déi⁶ ting¹ yed⁶ sêng² hêu³ Zung¹ Sêng⁶ wan⁴ hang⁴ ha⁵.
我 哋 聽 日 想 去 中、上 環 行 下。

我們明天想去中、上環逛逛。

Yeo⁵ bag³ géi² nin⁴ lig⁶ xi² gé² Seg⁶ ban² gai¹ yed¹ ding⁶ yiu³ hêu³.
有 百 幾 年 歷 史 嘅 石 板 街 一 定 要 去。

有一百多年歷史的石板街一定要去。

Zung⁶ ho² yi⁵ hêu³ cam¹ gun¹ ha⁵ geo⁶ ging² qu⁵ gin³ zug¹ kuen⁴.
仲 可 以 去 參 觀 下 舊 警 署 建 築 群。

還可以去參觀一下舊警署建築群。

巧記詞彙

Lan⁴ guei³ fong¹ bé¹ zeo² jid³

蘭桂坊啤酒節

●香港開埠興建的第一條街，連接中環和上環。

ga¹ nin⁴ wa⁴

嘉年華

Ho⁴ léi⁵ wud⁶ dou⁶

荷李活道

Seg⁶ ban² gai¹

石板街

Mo¹ lo¹ gai¹

嚤囉街

（古董街）

●舊中區警署及監獄建築群，現開放給公眾參觀，稱為「大館」。

Xun¹ zung¹ san¹ géi² nim⁶ gun²

孫中山紀念館

Dai⁶ gun²

大館

Sei¹ gong² xing⁴

西港城

ding¹ ding¹

叮叮

（電車）

●舊上環街市

練習時間

❶ 想邀請朋友一起去蘭桂坊，你會怎麼說？

❷ 把這句話用粵語說出來：**沿著荷李活道經樓梯街往上走就能到古董街。**

答案： ❶ 一陣夜蘭桂坊飲杯嘢飲吓開心吓唔好？
❷ 沿住荷李活道經石板街行上去就到古董街嘞。

142

附錄

粵字表 常用

★ 代詞

粵字	注音	解釋	舉例
哋	déi⁶	們	我哋／你哋［我們／你們］
啲	di¹	些，點兒	有啲［有些］，多啲［多一點兒］
噉	gem²	這樣／那樣	變成噉［變成這樣］
咁	gem³	這麼／那麼	咁大［那麼大］
嗰	go²	那	嗰邊［那邊］
佢	kêu⁵	他；她；它	佢哋［他們］
乜	med¹	什麼	乜都食［什麼都吃］
嘢	yé⁵	東西	買嘢［買東西］，乜嘢［什麼東西］

★ 否定詞

粵字	注音	解釋	舉例
唔	m⁴	不	唔係［不是］
冇	mou⁵	沒	冇事［沒事］
咪	mei⁵	別	咪行住［先別走］

★ 動詞

粵字	注音	解釋	舉例
畀 （俾）	béi²	給	畀我［給我］
睇	tei²	看	睇電視［看電視］
瞓	fen³	睡	瞓著咗［睡著了］
嚟	lei⁴	來	嚟我屋企［來我家］
喺	hei²	在	喺公司［在公司］
諗	nem²	想	諗下［想想］
搵	wen²	找	搵人［找人］
攞	lo²	拿	攞枝筆畀我［給我拿枝筆］
揸	za¹	拿／握	揸住［拿著／握著］
喐	yug¹	動	唔好喐［不要動］
劏	tong¹	殺／剖開	劏雞［殺雞］，劏魚［把魚剖開處理乾淨］
撳	gem⁶	摁	撳門鐘［摁門鈴］

★ 副詞／助詞

粵字	注音	解釋	舉例
咗	zo²	了	食咗［吃了］
仲	zung⁶	還	仲未到［還沒到］
嘅	gé³	的	我嘅書［我的書］
晒	sai³	全；十分	講晒出來［全講出來］，多謝晒你［十分感謝］

★ 形容詞

粵字	注音	解釋	舉例
啱	ngam¹	對／剛好	講得啱［説得對］，咁啱［剛好／碰巧］
靚	léng³	漂亮／英俊	靚仔
叻	lég¹	聰明／有本事	好叻［挺聰明的］
攰	gui⁶	累	好攰［很累］
掂	dim⁶	妥當	搞掂［辦妥了］
焗	gug⁶	悶	車入便好焗［車裏很悶］
孖	ma¹	雙	孖生仔［雙胞胎］

★ 名詞

粵字	注音	解釋	舉例
仔	zei²	兒子；對男孩或年輕男子的稱呼	**我個仔**［我的兒子］，**細路仔**［小男孩］，**靚仔**［英俊的小夥子］
佬	lou²	對男人的稱呼	**高佬**［高個兒］
嫲	ma⁴	奶奶／祖母	**阿嫲**［奶奶］
脷	léi⁶	舌頭	**牛脷**［牛舌］
腩	nam⁵	腹部的肉	**肚腩**［小肚子］，牛腩
餸	sung³	菜	**買餸**［買菜］
鑊	wog⁶	鐵鍋	**平底鑊**［平底鍋］
軛	lib¹	（lift）升降機／電梯	**搭軛**［乘電梯］
嚿	geo⁶	塊	**一嚿木**［一塊木頭］
咭	kad¹	（card）卡	**聖誕咭**［聖誕卡］
呔	tai¹	(tyre) 輪胎；(tie) 領帶	**車呔**［輪胎］，**打呔**［結領帶］
篋（唊）	gib¹	皮箱／旅行箱	**皮篋**［皮箱］
邨（村）	qun¹	村子	**屋邨**［住宅小區］

語氣詞

粵字	注音	解釋	舉例
㗎	ga^3	的（表示肯定）	件衫好貴㗎[這件衣服挺貴的]
喇	la^3	了（加強語氣）	唔好再遲到喇[別再遲到了]
咩	mé^1	嗎（表示疑問或質疑）	你冇去咩[你沒去嗎？]
咋	za^3	才（表示數量少）	得三個人咋[才三個人而已]
噃	bo^3	啊／呢（表示提醒或強調）	你幾叻噃[你真能幹啊]
啫	zé^1	才（表示不以為意）	十蚊好平啫[才十塊錢很便宜]
吖	a^1	吧（徵求同意）	我哋搭巴士吖[我們坐公車吧]

粵語
詞彙通

★ 代名詞

ngo⁵ 我 我	néi⁵ 你 你	kêu⁵ 佢 他	ngo⁵ déi⁶ 我哋 我們	néi⁵ déi⁶ 你哋 你們	kêu⁵ déi⁶ 佢哋 他們

yen⁴ déi⁶ 人哋 人家 / 別人		ni¹ di¹ 呢啲 這些	go² di¹ 嗰啲 那些	bin¹ di¹ 邊啲 哪些

dei⁶ (yi⁶) go³ 第（二）個 別人 / 另一人		ngo⁵ gé³ 我嘅 我的	bin¹ go³ 邊個 誰

med¹ yé⁵ 乜嘢 什麼	dim² 點 怎麼	géi³ do¹ 幾多 多少

gem² 噉（做） 這 / 那樣（做）		gem³ 咁（少） 這 / 那麼（少）

a³ ba⁴ / dé¹ di⁴ **阿爸 / 爹哋** 爸爸	a³ ma¹ / ma¹ mi⁴ **阿媽 / 媽咪** 媽媽	dai⁶ lou² / go⁴ go¹ **大佬 / 哥哥** 哥哥	sei³ lou² / dei⁴ dei² **細佬 / 弟弟** 弟弟	ga¹ zé¹ / zé⁴ zé¹ **家姐 / 姐姐** 姐姐
sei³ mui² / a³ mui² **細妹 / 阿妹** 妹妹	a³ ma⁴ **阿嫲** 奶奶	a³ yé⁴ **阿爺** 爺爺	ngoi⁶ po⁴ / a³ po⁴ **外婆 / 阿婆** 姥姥 / 外婆	ngoi⁶ gung¹ / a³ gung¹ **外公 / 阿公** 姥爺 / 外公
ga¹ gung¹ / lou² yé⁴ **家公 / 老爺** 公公	ga¹ po² / nai² nai² **家婆 / 奶奶** 婆婆	sem¹ pou⁵ **心抱（新婦）** 媳婦	ngoi⁶ fu² **外父** 岳父	ngoi⁶ mou² **外母** 岳母
keo⁵ fu² / mou² **舅父 / 母** 舅舅 / 舅媽	a³ yi¹ **阿姨** 阿姨	yi⁴ ma¹ **姨媽** 姨媽	xin¹ sang¹ **先生** 先生（丈夫）	tai³ tai² **太太** 太太
a³ go¹ **阿哥** 大哥	a³ zé¹ **阿姐** 大姐 / 大媽		a³ sug¹ **阿叔** 叔叔 / 大叔	a³ bag³ **阿伯** 伯伯 / 老大爺

★ 數目

ling⁴ 零 零	yed¹ 一 一	yi⁶/lêng⁵/ma¹ 二／兩／孖 二／兩／雙	sam¹ 三 三	séi³ 四 四	ng⁵ 五 五
lug⁶ 六 六	ced¹ 七 七	bad³ 八 八	geo² 九 九	seb⁶ 十 十	bag³ 百 百
qin¹ 千 千	man⁶ 萬 萬	yig¹ 億 億	ba¹ xin¹ 巴仙（%） 百分之	geo² xing⁴ 九成 九成	yed¹ go³ hoi¹ 一個開 一倍

ya⁶ yed¹ 廿一 二十一	sa¹ a⁶ yed¹ 卅呀一 三十一	séi³ a⁶ yed¹ 四呀一 四十一	géi³ a⁶ 幾呀（人） 幾十（人）	seb⁶ léng⁴ 十零（人） 十多（人）	yed¹ da¹/bun³ da¹ 一打／半打 一打／半打

★ 時間

zung¹ teo⁴ 鐘頭 鐘頭 / 小時	fen¹ zung¹ 分鐘 分鐘	miu⁵ zung¹ 秒鐘 秒鐘	yed¹ go³ zung¹ 一個鐘 一小時	bun³ go³ zung¹ 半個鐘 半小時
yed¹ dim² 一點 一點	yed¹ dim² jing³ 一點正 一點整	yed¹ dim² bun³ 一點半 一點半	dim² bun³ 點半 一點半	yed¹ go³ ji⁶ 一個字 五分鐘
dab⁶ yed¹ 踏一 零五分	yed¹ dim² sam¹ 一點三 一點十五	yed¹ dim² dab⁶ sam¹ 一點踏三 一點十五	yed¹ dim² sam¹ go³ ji⁶ 一點三個字 一點十五
dab⁶ zéng² 踏正 整點	yed¹ go³ gued¹ 一個骨 十五分鐘 / 一刻鐘	dab⁶ sam¹ guo³ di¹ 踏三過啲 十五分過了	zeo⁶ lei⁴ sam¹ dim² 就嚟三點 快三點了

★ 日子

gem¹ yed⁶ 今日 今天	kem⁴ yed⁶ 琴日 昨天	ting¹ yed⁶ 聽日 明天	gem¹ nin² 今年 今年	geo⁶ nin² 舊年 去年	cêd¹ nin² 出年 明年
gem¹ go³ yud⁶ 今個月 這個月		sêng⁶ go³ yud⁶ 上個月 上個月		ha⁶ go³ yud⁶ 下個月 下個月	lei⁵ bai³ / xing¹ kéi⁴ 禮拜 / 星期 禮拜 / 星期
nin⁴ teo⁴ / yud⁶ teo⁴ 年頭 / 月頭 年初 / 月初		nin⁴ méi⁵ / yud⁶ méi⁵ 年尾 / 月尾 年底 / 月底		nung⁴ lig⁶ 農曆 農曆 / 舊曆	sen¹ lig⁶ 新曆 新曆
ni¹ pai⁴ 呢排 這陣子		go² pai⁴ 嗰排 那陣子		geo⁶ (zen⁶) xi⁴ 舊（陣）時 過去 / 舊時	dei⁶ yi⁶ yed⁶ / xi⁴ 第二日 / 時 改天

$gong^2\ ji^2$ 港紙 港幣	men^1/go^3 蚊（文）/ 個 元 / 塊	$hou^4\ (ji^2)$ 毫（子） 角 / 毛	xin^1 仙（cent） 分	$yed^1\ go^3\ géi^2\ hou^4$ 一個幾毫 一塊幾毛
$go^3\ bun^3$ 個半 一塊半	$bag^3\ léng^4\ men^1$ 百零蚊 一百來塊	$seb^6\ géi^2\ men^1$ 十幾蚊 十幾塊	$séng^4\ qin^1\ men^1$ 成千蚊 上千塊	$yed^1\ geo^6\ sêu^2$ 一嚿水 一百塊
$dai^6\ béng^2$ 大餅 一元（錢幣）	$dou^2\ ling^2$ 斗零 五分	$ngen^4\ ji^2$ 銀紙 鈔票	$yed^1\ qin^1\ men^1\ ji^2$ 一千蚊紙 一千元鈔票	$seb^6\ men^1\ ji^2$ 十蚊紙 十元鈔票
$dai^6\ ji^2$ 大紙 大額鈔票		$san^2\ ji^2/sêu^3\ ngen^2$ 散紙 / 碎銀 零錢		$seb^6\ men^1\ ngen^2$ 十蚊銀 十元硬幣

154

★ 方位

sêng⁶ bin⁶ 上便 上邊	ha⁶ bin⁶ 下便 下邊	qin⁴ bin⁶ 前便 前邊	heo⁶ bin⁶ 後便 後邊	zo² (seo²) bin⁶ 左（手）便 左邊	yeo⁶ (seo²) bin⁶ 右（手）便 右邊

cêd¹ bin⁶ / ngoi⁶ bin⁶ 出便 / 外便 外邊		yeb⁶ bin⁶ / lêu⁵ bin⁶ 入便 / 裏便 裏邊		dung¹ 東 東	nam⁴ 南 南	sei¹ 西 西	beg¹ 北 北

min² 面 上面	dei² 底 底下	dêu³ min⁶ 對面 對面	zo² gen² / fu⁶ gen⁶ 左近 / 附近 附近		gag³ léi⁴ 隔籬 旁邊	gen⁶ ma⁵ teo⁴ 近碼頭 靠近碼頭

hêng³ hoi² 向海 朝 / 望海	hang⁴ cêd¹ di¹ 行出啲 往外走不遠	cêng¹ heo² wei² 窗口位 靠窗位置	ni¹ dou⁶ 呢度 這裏	go² dou⁶ 嗰度 那裏	bin¹ dou⁶ 邊度 哪裏

ngan³ 眼	yi⁵ (zei²) 耳（仔）	heo²/zêu² 口／嘴	béi⁶ (go¹) 鼻（哥）	min⁶ 面	ngan⁵ méi⁴ 眼眉
眼睛	耳朵	嘴巴	鼻子	臉	眉毛
ha⁶ pa⁴ 下扒	léi⁶ 脷	nga⁴ 牙	heo² sên⁴ 口脣	béi⁶ go¹ lung¹ 鼻哥窿	ngag⁶ teo⁴ 額頭
下巴	舌頭	牙（齒）	嘴脣	鼻孔	額頭

teo⁴ hog³ déng² 頭殼頂	bog³ teo⁴ 膊頭	géng² 頸	tou⁵ 肚	gag⁶ lag¹ dei² 胳肋底
頭頂	肩膀／胳膊	脖子	肚子	胳肢窩／腋下

seo² gua¹／seo² béi³ 手瓜／手臂	seo² zang¹／gêg³ zang¹ 手踭／腳踭	sed¹ teo⁴ (go¹) 膝頭（哥）	gêg³ gua¹ 腳瓜
手臂	手肘／腳跟	膝蓋	小腿

dai⁶ béi² 大髀	seo² ban²／zêng² 手板／掌	seo² ji² gung¹ 手指公
大腿	手掌	拇指

yed¹ zeg³ gei¹ dan² **一隻雞蛋** 一個雞蛋	yed¹ tiu⁴ tei⁶ mug⁶ **一條題目** 一道題目	yed¹ tiu⁴ sing² **一條繩** 一根繩子	yed¹ tong⁴ fo³ **一堂課** 一節課
yed¹ gan¹ hog⁶ hao⁶ **一間學校** 一所學校	yed¹ gan¹ ug¹ **一間屋** 一套 / 所房子	yed¹ ga³ cé¹ **一架車** 一輛車	yed¹ gin⁶ dan⁶ gou¹ **一件蛋糕** 一塊蛋糕
yed¹ dêu³ seo² / gêg³ **一對手 / 腳** 一雙手 / 腳	yed¹ dêu³ hai⁴ **一對鞋** 一雙鞋	yed¹ tiu⁴ kiu⁴ **一條橋** 一座橋	yed¹ geo⁶ yug⁶ **一嚿肉** 一塊肉
yed¹ bung⁶ cêng⁴ **一棒牆** 一堵牆	yed¹ zeg³ ngeo⁴ **一隻牛** 一頭牛	yed¹ zeg³ seo² biu¹ **一隻手錶** 一塊手錶	yed¹ ceo¹ so² xi⁴ **一抽鎖匙** 一串鑰匙
yed¹ tiu⁴ so² xi⁴ **一條鎖匙** 一把鑰匙	yed¹ so¹ hêng¹ jiu¹ **一梳香蕉** 一把香蕉	yed¹ zên¹ sêu² **一樽水** 一瓶水	yed¹ zeg³ bui¹ **一隻杯** 一個杯子

yed¹ neb¹ tong²	yed¹ zeg³ cêng¹	yed¹ can¹ fan⁶	yed¹ ji¹ zeo²
一粒糖	一隻窗	一餐飯	一支酒
一塊／顆糖	一扇窗	一頓飯	一瓶酒
yed¹ zeg³ gu² piu³	yed¹ zeg³ go¹	yed¹ ka¹ cé¹	yed¹ wei⁴ zeo²
一隻股票	一隻歌	一卡車	一圍酒
一種股票	一首／支歌	一節車廂	一桌／席酒
yed¹bou¹ tong¹		yed¹ zeg³ xun⁴	
一煲湯		一隻船	
一鍋湯		一條／艘船	

xig³ 食 吃	hang⁴ 行 走	kéi⁵ 企 站	co⁵ 坐 坐	fen³ 瞓 睡	tei² 睇 看
dab³ 搭 搭乘	mé¹ 孭 背／孭	wen² 搵 找	gong² 講 說	teo² 唞 休息／歇	za¹ 揸 拿／握
lo² 攞 拿／要	gem⁶ 撳（撳鐘） 摁	nao⁶ 鬧 罵	pud³ 撥（撥扇） 搧	zeb¹ 執 收拾／撿	dug¹ 篤 戳
meng¹ 搣 拔	jing² 整 弄	log⁶ 落（落糖） 下／放	zem³ 浸（浸腳） 淹／泡	yug¹ 郁 動	déng³ 掟 扔
lam² 攬 摟抱	ca⁴ 搽（搽藥膏） 抹／塗	zem¹ 斟（斟茶） 倒	mid¹ 搣 撕／掰	qi¹ 黐 粘	gu² 估 猜

★ 形容詞

dai⁶-sei³ **大一細** 大一小	féi⁴-seo³ **肥一瘦** 胖一瘦	péng⁴-guei³ **平一貴** 便宜一貴	gon¹-seb¹ **乾一濕** 乾一濕	cêng⁴-dün² **長一短** 長一短	héng¹-cung⁵ **輕一重** 輕一重
dung³-yid⁶ **凍一熱** 冷一熱	ham⁴-tim⁴ **鹹一甜** 鹹一甜	lün¹-jig⁶ **攣一直** 曲一直	cou¹-yeo³ **粗一幼** 粗一細	guong¹-em³ **光一暗** 亮一暗	fud³-zag³ **闊一窄** 寬一窄

wu¹ zou¹ **污糟** 骯髒	sed⁶ **實** 硬／緊	léng³ **靚** 漂亮／好	cé³ **斜** 陡	léi⁶ **利** 鋒利	nem⁴ **稔** 軟	zéng³ **正** 純正／好

noi⁶ **耐** 久	ngen¹ **奀** 瘦小	mé² **歪** 歪／偏	sei¹ léi⁶ **犀利** 厲害	ging⁶（實力勁） **勁** 厲害／強勁	mang⁵（猛風） **猛** 強／厲害

sang¹ mang⁵ **生猛**（生猛海鮮） 活蹦亂跳	ging¹ guei³ **矜貴** 寶貴／貴重	kéi⁵ léi⁵ **企理** 整潔	wong⁶（旺季） **旺** 蓬勃／繁華	dam⁶（生意淡） **淡** 平淡／蕭條

160

★ 外來詞

bo¹ 波	féi¹ 飛	tai¹ 呔	mei¹ 咪	pag³ cé¹ 泊車
ball 球	fare 票	tie 領帶	microphone 麥克風 / 話筒	park 停車

sa¹ lêd² 沙律	do¹ xi² 多士	bou³ din¹ 布甸	ji¹ xi² 芝士	zé¹ léi² 啫喱
salad 沙拉	toast 吐司	pudding 布丁	cheese 起司 / 乳酪	jelly 果凍

géi⁶ lim¹ 忌廉	guo² jim¹ 果占	pou⁶ féi¹ 布菲	pi¹ sa⁴ 披薩	xi² do¹ 士多
cream 奶油	jam 果醬	buffet 自助餐	pizza 意大利薄餅	store 店鋪

so¹ fa² 梳化	féi¹ xi² 飛士	tib¹ xi² 貼士	la¹ xi² 拉士	mo¹ da² 摩打
sofa 沙發	face 面子	tips 小費 / 提示	last 最後	motor 馬達

bui¹ god³ 杯葛	sai¹ xi² 晒士	gid³ ta¹ 結他	féi⁴ lou² 肥佬	lem¹ ba² 冧巴
boycott 抵制	size 尺寸 / 尺碼	guitar 吉他	fail 不及格	number 號碼 / 數目

ping⁴ guo¹ pei¹ 蘋果批	ju¹ gu¹ lig¹ 朱古力	sam¹ men⁴ ji⁶ 三文治	cé¹ léi⁴ ji² 車厘子	xi⁶ do¹ bé¹ léi² 士多啤梨
pie 蘋果派	chocolate 巧克力	sandwich 三明治	cherry 櫻桃	strawberry 草莓

香港
主要地名

★ 香港十八區

香港島

Zung¹ sei¹ kêu¹ 中西區	Wan¹ zei² 灣仔	Dung¹ kêu¹ 東區	Nam⁴ kêu¹ 南區

九龍

Yeo⁴ jim¹ wong⁶ 油尖旺	Sem¹ sêu² bou² 深水埗	Geo² lung⁴ xing⁴ 九龍城
Wong⁴ dai⁶ xin¹ 黃大仙		Gun¹ tong⁴ 觀塘

新界

Kuei⁴ qing¹ 葵青	Qun⁴ wan¹ 荃灣	Tün⁴ mun⁴ 屯門	Yun⁴ long⁵ 元朗	Beg¹ kêu¹ 北區
Dai⁶ bou³ 大埔	Sa¹ tin⁴ 沙田		Sei¹ gung³ 西貢	Léi⁴ dou² 離島

★ 主要地鐵站

東鐵綫	Log⁶ ma⁵ zeo¹ 落馬洲	Lo⁴ wu⁴ 羅湖	Sêng⁵ sêu² 上水	Hung⁴ hem³ 紅磡
觀塘綫	Gun¹ tong⁴ 觀塘	Wong⁴ dai⁶ xin¹ 黃大仙	Geo² lung⁴ tong⁴ 九龍塘	Wong⁶ gog³ 旺角
西鐵綫	Tün⁴ mun⁴ 屯門	Yun⁴ long⁵ 元朗	O¹ xi⁶ din¹ 柯士甸	Jim¹ dung¹ 尖東
港島綫	Cai⁴ wan¹ 柴灣	Tung⁴ lo⁴ wan¹ 銅鑼灣	Gem¹ zung¹ 金鐘	Zung¹ wan⁴ 中環
荃灣綫	Méi⁵ fu¹ 美孚	Tai³ ji² 太子		Jim¹ sa¹ zêu² 尖沙咀
將軍澳綫	Zêng¹ gun¹ ou³ 將軍澳	Yeo⁴ tong⁴ 油塘		Beg¹ gog³ 北角
機場快綫	Géi¹ cêng⁴ 機場	Geo² lung⁴ 九龍		Hêng¹ gong² 香港
東涌綫	Dung¹ cung¹ 東涌	Lei⁶ ging² 荔景		Ou³ wen⁶ 奧運

馬鞍山綫	Wu¹ kei¹ sa¹ 烏溪沙	Dai⁶ wei⁴ 大圍
迪士尼綫	Dig⁶ xi⁶ néi⁴ 迪士尼	Yen¹ ou³ 欣澳
南港島綫	Hoi² yi⁴ bun³ dou² 海怡半島	Hoi² yêng⁴ gung¹ yun² 海洋公園

Tai³ ping⁴ san¹ déng² 太平山頂	Ling⁴ xiu¹ gog³ 凌霄閣	San¹ déng² lam⁶ cé¹ 山頂纜車
Hoi² yêng⁴ gung¹ yun² 海洋公園	Dig⁶ xi⁶ néi⁴ log⁶ yun⁴ 迪士尼樂園	Wei⁴ do¹ léi⁶ a³ gong² 維多利亞港
Cég³ lab⁶ gog³ géi¹ cêng⁴ 赤鱲角機場		Tin¹ tan⁴ dai⁶ fed⁶ 天壇大佛
Ngong⁴ ping⁴ sam¹ lug⁶ ling⁴ lam⁶ cé¹ 昂坪 360 纜車		Lan⁴ guei³ fong¹ 蘭桂坊
Gem¹ ji² ging¹ guong² cêng⁴ 金紫荊廣場		Zung¹ wan⁴ ji³ bun³ san¹ fu⁴ seo² din⁶ tei¹ 中環至半山扶手電梯
Wong⁴ dai⁶ xin¹ qi⁴ 黃大仙祠		Tin¹ zei³ yed¹ bag³ gun¹ ging² toi⁴ 天際 100 觀景台
Jim¹ sa¹ zêu¹ hoi² ben¹ gung¹ yun² 尖沙咀海濱公園		Miu⁶ gai¹ yé⁶ xi⁵ 廟街夜市
Seb¹ déi⁶ gung¹ yun² 濕地公園		Sei³ gai³ déi⁶ zed¹ gung¹ yun² 世界地質公園
Geo² long⁴ zai⁶ xing⁴ gung¹ yun² 九龍寨城公園	Ma⁵ cêng⁴ 馬場	Hêng¹ gong² zei² béi⁶ fung¹ tong⁴ 香港仔避風塘
Cég³ qu⁵ 赤柱	Qin² sêu² wan¹ 淺水灣	Dai⁶ ou³ 大澳

★ 主要建築物

Hêng¹ gong² wui⁶ yi⁵ jin² lam⁶ zung¹ sem¹ 香港會議展覽中心	Zung¹ ngen⁴ dai⁶ ha⁶ 中銀大廈
Wui⁶ fung¹ ngen⁴ hong⁴ dai⁶ ha⁶ 滙豐銀行大廈	Guog³ zei³ gem¹ yung⁴ zung¹ sem¹ 國際金融中心
Lei⁵ ben¹ fu² 禮賓府	Lab⁶ fad³ wui² dai⁶ leo⁴ 立法會大樓
Qin⁴ geo² guong² tid¹ lou⁶ zung¹ leo⁴ 前九廣鐵路鐘樓	Bun³ dou² zeo² dim³ 半島酒店
Qing¹ ma⁵ dai⁶ kiu⁴ 青馬大橋	Gong² ju¹ ou³ dai⁶ kiu⁴ 港珠澳大橋

策劃編輯	鄭海檳
責任編輯	鄭海檳
書籍設計	任媛媛
排　　版	陳先英
錄　　音	田南君　賈亦勤

書　　名	**粵語（香港話）入門：從零基礎到粵語通**
編　　著	張勵妍
插　　畫	任媛媛
出　　版	三聯書店（香港）有限公司
	香港北角英皇道 499 號北角工業大廈 20 樓
	Joint Publishing (H.K.) Co., Ltd.
	20/F., North Point Industrial Building,
	499 King's Road, North Point, Hong Kong
香港發行	香港聯合書刊物流有限公司
	香港新界荃灣德士古道 220-248 號 16 樓
印　　刷	美雅印刷製本有限公司
	香港九龍觀塘榮業街 6 號 4 樓 A 室
版　　次	2019 年 7 月香港第一版第一次印刷
	2024 年 2 月香港第一版第三次印刷
規　　格	大 32 開（140×200 mm）184 面
國際書號	ISBN 978-962-04-4478-4